小镇青年

高方 著

山东省作家协会定点深入生活项目

青岛市文艺精品项目

青岛出版集团 | 青岛出版社

图书在版编目（CIP）数据

小镇青年 / 高方著 . —青岛：青岛出版社，2024.6
ISBN 978-7-5736-1971-6

Ⅰ . ①小… Ⅱ . ①高… Ⅲ . ①纪实文学—中国—当代
Ⅳ . ① I25

中国国家版本馆 CIP 数据核字（2024）第 041791 号

XIAOZHEN QINGNIAN
书　　名	小镇青年	
著　　者	高　方	
出版发行	青岛出版社（青岛市崂山区海尔路 182 号，266061）	
本社网址	http://www.qdpub.com	
邮购电话	0532-68068091	
策　　划	刘　坤	
责任编辑	刘　冰　李　丹	
特约编辑	吴雪燕	
内文排版	戊戌同文	
印　　刷	青岛国彩印刷股份有限公司	
出版日期	2024 年 6 月第 1 版　2024 年 6 月第 1 次印刷	
开　　本	16 开（710 mm × 1000 mm）	
印　　张	14.5	
字　　数	200 千	
书　　号	ISBN 978-7-5736-1971-6	
定　　价	58.00 元	

编校印装质量、盗版监督服务电话　4006532017　0532-68068050

序

让青春与时代同呼吸共命运
——读《小镇青年》感悟

减贫与发展是全球都要面对的共性问题，需要有生力量去担当，为之奋斗，任重而道远。

在当下的中国，有一代有为青年，或奋斗在由脱贫攻坚到乡村振兴的减贫之路上，由个体到小组，再到合作社，由致富人变成带头人，深耕绿色有机智慧农业，推进共同富裕；或奋斗在知识改变命运的大道上，让农旅结合、三产融合，让万顷碧波成为躬耕放牧的蔚蓝家园，让贫瘠的边陲小镇儿童插上理想的翅膀，让传统文化遗产变成科学致富的灵丹妙方；或奋斗在攻坚克难推进重大工程落地的旅途中，低碳负碳，让绿水青山变成金山银山，愚公移山，让天河之水成为民生甘霖浸润心田。他们立足中国大地，不断夯实产业之基，汇聚人才之智，弘扬文化之光，彰显生态之美，发挥组织之力，探寻善治之策，拓展共富之路，为世界贡献了中国智慧，提供了中国方案，积累了中国经验，走出了中国特色的发展之路。

作者怀赤子之心，持生花妙笔，脚沾泥土，情系民生，东西纵横，山水交际。通过一场场乡土中国的观察与记录，一次次青春无悔的注解与突破，触摸乡村发展澎湃脉动，感受青年精神勃勃生机，记录变化时代中不变的精神传承，展现乡村振兴图景中用青春作答时代之问的青年奋斗史，做好大时代中的青春注脚。

《小镇青年》，在岁月轮转中永怀对故土的眷恋，用生动案例注释了专业与职业。小镇青年，用火热实践融释了理想与梦想，用无悔青春诠释了奋斗与幸福，是新时代朝气蓬勃奋力向上的"斜杠青年"，是中国脊梁青年担当中浓郁的一抹！

刘新民

2023 年 7 月 16 日

·序文作者·

刘新民，原青岛农业大学校长，二级教授，博士生导师，中国农业技术经济学会副会长，青岛乡村振兴专家顾问团团长，主持完成国家自然科学基金、国家软科学等国家和省部级课题 20 余项。

乡村振兴中国经验

减贫，是全人类未竟的共同事业。

2021年2月25日，习近平总书记在全国脱贫攻坚总结表彰大会上庄严宣告："我国脱贫攻坚战取得了全面胜利，现行标准下9899万农村贫困人口全部脱贫，832个贫困县全部摘帽，12.8万个贫困村全部出列，区域性整体贫困得到解决，完成了消除绝对贫困的艰巨任务，创造了又一个彪炳史册的人间奇迹！"

2021年的上海合作组织杜尚别峰会上，中方宣布将向上合组织国家提供1000个扶贫培训名额。扶贫培训班，正是中方落实这一重要承诺，搭建国内外学习交流平台，促进与上合组织国家及有关地区友好合作的具体举措。了解减贫与发展案例，共享中国减贫和乡村振兴经验，2023年6月15日至21日，一届上合组织国家扶贫培训班在青岛顺利举办。

七天一路走、一路听、一路看，来自吉尔吉斯斯坦、塔吉克斯坦、乌兹别克斯坦、亚美尼亚四国的七十多名上合组织国家扶贫培训班学员，从村民们幸福的笑容里，从一次次零距离互动交流中，了解中国乡村振兴的故事，探寻中国摆脱贫困走向共同富裕的密码。

一场讲座"拖堂"40分钟

"没有农业农村现代化，就没有国家现代化。"6月17日下午，青岛农业大学学术会馆内，青岛农业大学校长刘新民的声音洪亮敦厚、铿锵有力，"中国的脱贫攻坚和乡村振兴事业，既有科学的总体设计，又有丰富的地方实践；乡村振兴也要循序渐进，因地制宜，久久为功"。刘新民注视着会场内坐着的听众，目光炯炯有神，他们是来自吉尔吉斯斯坦、塔吉克斯坦、乌兹别克斯坦、亚美尼亚四个上合组织国家的七十多名学员。

台下异常安静，只有笔记本翻页的声音。伴着同声传译，学员们有的手不释笔地快速做着笔记，有的目不转睛地盯着刘校长身后的大屏幕，浏览着一页页幻灯片展示的关键信息。

作为青岛市乡村振兴专家顾问团团长，刘新民以题为《乡村振兴与乡村治理的中国经验》的报告，开始了上合组织扶贫培训班的培训课程，从中国农村改革的演变、中国乡村振兴的实践、中国乡村治理的经验、中国经验的核心观点四个方面，将中国农村改革和乡村振兴的背景、取得的成效娓娓道来。

"山东是中国特色减贫模式的缩影。"刘校长以乡村振兴中的齐鲁样板为例，深入剖析了很多减贫案例的框架体系，"就像建房子，先要搭建好'四梁八柱'。"

同天下午，培训课程继续进行，该校机电工程学院院长尚书旗教授在台上讲授着："中国农机发展，正向智能化、操作自动化方向发展……"这堂学术报告会内容是关于农业机械化新技术、精准农业应用与创新发展的。尚教授身后的幻灯片随着讲课内容不断闪动，不知不觉间，幻灯片定格在最后一页，一小时的报告会结束。此时，学员们却没有离开会场，此前的安静被他们打破，问题一个接一个抛给台上的尚书旗教授——

"在农田灌溉方面，中国有什么好的方法吗？"有学员起身提问。

"在中国的农田里，缺水也是比较明显的问题。我们现在推广节水灌溉，有微喷灌溉、滴灌、渗灌等，努力实现水肥一体化。比如我们在行间铺设滴灌带，一米长的滴灌带成本不到两毛钱，一亩地算下来才花几百块钱。这几年节水灌溉材料基本做到了自给自足，满足了生产需要，这些节水材料和方法都可以分享给大家。"尚教授顿了顿，"我本人还担任国际田间试验机械化协会（IAMFE）主席，如果大家感兴趣，我可以介绍大家加入这个组织。"

尚书旗教授所说的国际田间试验机械化协会是非营利性国际学术组织，目前该协会在全世界10余个国家有分会，共与130多个国家建立了联系。他现场发出"邀请函"后，马上收到了一波热烈的回应，"这些先进的农机对我们来说非常重要……"各国学员都在议论着。

亚美尼亚经济部农业加工司的农业加工援助局局长阿拉克·阿拉米扬接着提问："养牛业是我们国家畜牧业的主要分支，我们国家投资建设了一些青贮窖，对饲料的储存方法一直在做探索，您有什么好的建议吗？"

"用青贮窖储存饲料的这种方法，在中国慢慢要被淘汰。把一个缺点放大来看，中国有的大型青贮窖深好几米，体积比这个会场还大。每次喂牲口的时候需要把窖打开，而饲料暴露在空气中容易氧化、变质。如果已经投资了青贮窖，就把它用好；如果再有新的养牛场，我的建议是用收获机打包的方法，在地里就完成饲料压缩打包，以便于使用。"

"您刚才讲到五年后，中国将实现农田机械化使用率达到75%，这是能做到的吗？"尚书旗教授讲座中一个小小的数据，被细心的学员敏锐地捕捉到。

"这个目标是保守的。"尚书旗教授答道。他的信心来自一组数据：山东作为我国农机制造第一大省，农机相关企业数量有10万余家，涵盖了生产制造的7大门类、3500多个品种产品，农机零部件产值全国占比达 40%；早在去年 2 月，山东省农业农村厅就在传统农机产业的基础上制定了《山东省"十四五"推进农业农村现代化规划》，加快推进全程、全面、高质、高效的"两全两高"农机化。

交流中，对于中国农业发展的一些"痛点"，大家并不避讳，尚书旗教授开诚布公地说道："目前中国对农产品的加工程度相对还是比较低，打个比方，把小麦做成面粉能赚 1 块钱，把面粉做成面包，能赚 5 块钱。我们要从粗加工向精加工转型，发展规划方面也要进一步谋划。"

大家讨论的话题越来越深入，一场原本只有一小时的报告会，因为会后的探讨和交流硬是"拖堂"了 40 多分钟。甚至在短暂的茶歇过程中，学员们还意犹未尽地围着尚教授继续交流。

参加过很多国内国外的培训，尚教授还是第一次遇到这样热烈的会后探讨。他在心里暗暗感慨：培训班学员都是各个国家的专家和高级官员，他们的提问非常有针对性，这种"课堂 + 交流"的学习、探讨，真的可以很好地解决一些问题。

"中国对盐碱地的治理经验，对我们来说太宝贵了。"乌兹别克斯坦撒马尔罕市市长助理马鲁夫·塔什普拉托夫感慨地说，"我们一直在跟盐碱地做斗争。"在王健林教授那场《盐碱地综合利用——基于山东省黄河三角洲农业高新技术产业示范区的实践》报告会上，他听得十分入迷。

"城乡一体化发展的讲座太有借鉴意义了，很感谢中国能分享这样的宝贵经验。"在山东社会科学院研究员李善峰的《中国城市融合发展的实践和经验》专题讲座上，亚美尼亚经济部部长助理娜拉·玛尔季洛夏安记了满满几页的笔记。

"两天的学术讲座，收获真是实实在在。"这是培训班学员们的共识。

被围住的技术员

课堂之内干货满满，课堂之外同样吸引众人眼球。

"在生态养鸡场里,是闻不到鸡粪异味的。"时间回到讲座之前的6月16日下午,青岛大牧人机械股份有限公司的技术专家冷建卫正在给上合组织国家扶贫培训班的学员们展示一套全自动蛋鸡养殖设备,"只要一部手机,就可以自动完成日常喂水、喂料、捡蛋等所有工作。鸡粪还能落到运输带上,每天定时清理,大大节省了人工。"

看到全程智能化养鸡场景,吉尔吉斯斯坦比什凯克市列宁区副区长艾扎达·朱努索娃马上和同事们交流起来:"这是我们需要的,这些设备我们可以直接引进。"在吉尔吉斯斯坦,人们非常重视对鸡舍的建设投入。

"这样的鸡舍总共多少层?"学员们围住技术人员提问。

"目前十二层,大约有三层楼那么高。"冷建卫话音未落,一片惊叹之声就在学员们中间响起。

"得益于智能化的系统,小鸡们可以在吃喝不愁、温度适宜的'洋房'中茁壮成长。"冷建卫介绍,"智能化的鸡舍养殖实行环境温度、湿度、光照、二氧化碳等数据信息化采集和动态监测预警,确保生产出的每一枚鸡蛋品质优良。"

学员们参观的青岛大牧人机械股份有限公司,主要产品为肉禽、蛋禽全套规模化智能化养殖装备,出口80多个国家和地区。

参观结束后,学员们通过翻译人员与冷建卫交流:"能留一下您的联系方式吗?"冷建卫将公司的联系方式打在自己的手机屏幕上,学员们围住他,纷纷拍照记录下来。

这是上合组织国家扶贫培训班教学考察项目的一个场景。本次培训班将现场教学与实地考察相结合,培训班学员手册上几天的行程里,考察项目包括璐璐农业装备、清原创新中心、沃林蓝莓果业、绿色硅谷科技园、海信研发中心、大河东社区农旅……这些都具有一定的样本指导意义。

"绿色铲草剂、高亩产作物的基因育种,这些都是我们需要的。"

在参观青岛清原创新中心时，阿拉克·阿拉米扬和同事们议论道，"我们以后要和这家研究所加强联系和交流。"

参观过程中，吉尔吉斯斯坦卡拉巴尔塔市市长米尔兰·热克舍诺夫一直举着手机录像。"想把珍贵的影像资料带回国分享给更多的人，"他称赞，"这些农业企业生机勃勃的形象让我印象非常深刻，真是不虚此行。"

沉浸式游览美丽乡村

6月19日，夏日阵雨带来丝丝清凉，满载培训班学员的车辆行驶在青岛西海岸新区的路上，远处的小珠山山脉在雨雾里隐约浮现，犹如一幅笔墨酣畅的水墨画。

"这里的蓝莓太美味了。"娜拉·玛尔季洛夏安打着伞穿行在蓝莓采摘园里，挂着雨珠的蓝莓果实更加娇嫩可人，让她不禁竖起大拇指，"我们国家种植了很多好吃的水果，但是没有种植蓝莓，这是今后可以探讨引进的品种。"

在学员们参观的青岛沃林蓝莓育苗大棚里，农户们正手持工具，往培养土里插苗，大棚上空高高挂起的一个牌子上显示着温度、湿度等数据信息。

青岛沃林蓝莓果业有限公司是一家从事蓝莓种植、收购、销售的综合化农业公司，全国约60%的蓝莓苗出自这里。进口"浆果之王"实现本土化"狂飙"，有它的一份助力。

在青岛绿色硅谷科技园，智能化大棚也让学员们眼前一亮。整栋玻璃温室占地约5万平方米，红彤彤的西红柿生长在椰糠基质上，"饮用"着纯净水，气温、湿度、光照、水分都被严格控制。

学员们十分享受在此采摘的乐趣，从高高架起的藤蔓上摘一个饱满的西红柿，轻轻瓣开，晶莹剔透的沙瓤清香扑鼻。"我们国家也有对农民的扶持贷款，这些贷款做什么用呢？除了畜牧养殖，还有建日光大棚。"阿拉克·阿拉米扬语气肯定，看得出，他对这些特色经济作物的种植很感兴趣。

"Tea！Tea！"在崂山区沙子口街道东麦窑村参观时，一杯杯汤色明亮的崂山绿茶刚端上桌子，就引起了学员们的不停赞叹，他们对中国茶饮慕名已久。

清茶沁心脾，为培训班最后一天的考察行程留下了一缕回甘。

"我们村既有颜值，又有内涵。"东麦窑村党支部书记、村委会主任李绍亮带着四国学员走上环山栈道，手向山下一挥介绍起来。这座古老的村落位于崂山南麓，石块堆砌的渔家院落别有一番景致，沿着栈道就可以俯瞰这座安卧在海湾中的渔村。

如今，这座昔日的小渔村声名远扬，"仙居崂山"主题民宿成为崂山旅游的一张新名片，每年约有4.5万名游客慕名而来，营业额约4000万元。东麦窑将农文旅优势完美融合，获得了中国乡村旅游模范村、中国美丽休闲乡村等诸多美誉。

6月20日，培训班考察行程的最后一天，车子在山海落日的余晖中驶向市区，沉浸式游览中国美丽乡村的行程画上了完美的句号。

七天的培训转瞬结束，学员们聚焦乡村治理、乡村建设、农旅融合等主题，通过理论研讨、实地考察，了解减贫与发展的"中国经验""齐鲁样板""青岛案例"，学习中国减贫和乡村振兴经验，感慨良多——

"2021年，吉尔吉斯斯坦首都比什凯克市与青岛市结为友城。市区西部的邓小平大街是比什凯克通往吉尔吉斯斯坦南部第二大城市奥什市的起始路段，我们将与青岛市就邓小平大街优化提升项目开展合作。"来自吉尔吉斯斯坦的艾扎达·朱努索娃说。

来自亚美尼亚的阿拉克·阿拉米扬说："我的姓氏'阿拉米扬'，意思是阿勒山下的孩子，传说中挪亚方舟最后停泊的地方就是阿勒山。中国也有着悠久历史，所以我们是朋友。"

有朋自远方来，不亦乐乎？民间友谊缔结的同时，谋求共同发展的共识使得上合"朋友圈"不断扩容。目前，青岛已与上合组织12个国家的15个城市建立友好关系或确立结好意向。

减贫和可持续发展不仅是全球治理的重要命题，也成为上合组织国家的共同事业。扶贫培训班是上合组织国家合作中的一个典型缩影。来自乌兹别克斯坦的马鲁夫·塔什普拉托夫说："伟大的丝绸之路传承着友谊，它连接着东西方。每一次上合框架之内的活动都将促进古老丝绸之路的复兴，使其在新时代焕发生机。"

＞背景延伸

一次扶贫培训班
为何在青岛举办

日出东方，洒满金光。每一场日出，都将开启蓝天与碧海的重奏。这是六月的青岛呈现给世界最美的画卷。

6月15日，一群外国友人站在奥帆中心的码头旁，连连发出"哇"的赞叹，蓝色背景的景致被定格成手机相册里的一个个画面：海岸线上高楼林立，海面上帆船乘风破浪，天海一色，万物生机勃勃。

这些来自吉尔古斯斯坦、塔吉克斯坦、乌兹别克斯坦、亚美尼亚四个上合组织国家的七十余名学员，将在青岛参加为期一周的上合组织国家扶贫培训班。在他们身后，青岛国际会议中心场内，因为一场刚刚举行的盛会，全球再次将镜头聚焦这座上合之城。

当日，青岛成功承办上海合作组织民间友好论坛暨友好城市论坛，围绕"弘扬上海精神 推动友好合作"这一大会主题，包括上合组织有关国家政要、驻华使节等在内的约400名中外嘉宾以线上线下方式参加此次论坛，共话民间与区域友好交往，共绘未来务实合作蓝图。其中，"减贫和发展"也是此次论坛的一个重要议题。

"6月15日是上合组织的'生日'。"上合组织副秘书长叶尔梅克巴耶夫在致辞中开宗明义："互信、互利、平等、协商、尊重多样文明、谋求共同发展的'上海精神'，是不同国家交往、不同文明相处的正确之道。"

这段致辞，不禁让人回望一个重要的历史节点——

上海合作组织的前身是1996年成立的"上海五国"会晤机制，当时只有中国、俄罗斯、哈萨克斯坦、吉尔吉斯斯坦和塔吉克斯坦五个国家参与。2001年6月15日，在中国上海举行的"上海合作组织"成员国家元首会议上，乌兹别克斯坦加入了该机制。大会签署了《上海合作组织成立宣言》，正式宣布成立上海合作组织。二十二年间，上合"朋友圈"不断扩容，各国在多领域紧密合作，共同发展，其中农业领域的交融是合作书册上的重要章节。

2021年9月17日，在上海合作组织成员国元首理事会第二十一次会议上，中国做出中方将向上海合作组织国家提供1000名扶贫培训名额的重要承诺。

一个都不能少，一户都不能落。中国于2021年宣布实现脱贫攻坚战全面胜利，并持续巩固拓展脱贫攻坚成果，全面推进乡村振兴，走出了一条具有中国特色的减贫道路。与世界共享中国减贫方案，开放的中国在丝绸之路上传递出铿锵之声。

在中国乡村振兴的实践中，山东具有重要的示范地位。山东是我国重要的农产品供给基地和北方地区经济发展的战略支点，除了稳定粮食生产，山东还构建起多元化食物供给体系，果菜菌、肉蛋奶、水产品等产量位居全国前列，已成为全国重要的"菜篮子""果盘子""鱼篓子"。近年来山东立足齐鲁实际，不断夯实产业之基，彰显生态之美，探寻善治之策，拓展共富之路，乡村振兴齐鲁样板成色越来越足。

作为山东的经济龙头，青岛以加快建设农业强市为目标，努力打造乡村振兴齐鲁样板先行区，不断摸索新模式、新路径，打出了自己的"组合拳"。2020年青岛市6.4万贫困人口实现脱贫，2022年全市脱贫户人均纯收入达到16251元，同比增长18.7%，脱贫成效持续提升。青岛市农业农村局局长、市乡村振兴局局长袁瑞先在接受媒体采访时表示："上合组织国家扶贫培训班在青岛成功举办，既是落实习近平总书记承诺的具体行动，也是我们向国际社会分享减贫方案的重要举措。"

如今，传播好中国减贫经验，讲好加快打造乡村振兴齐鲁样板先行区的动人故事，与上合组织国家间强化减贫合作、共同繁荣发展，齐鲁大地交出了一份亮眼答卷。

原发大众报业半岛新闻客户端，原题《乡村振兴青岛答卷！四国学员在青学"扶贫"》，后被新华网等多家媒体转载

目 录

第一章 果子熟了

十几年前，车晓松的身份是北京现代管理大学行政电子商务学院副院长，那时他是意气风发的鲜衣怒马少年郎。如今，他是青岛平度白沙河镇红樱谷"谷主"，种植山东省单体面积最大的樱桃大棚。

从大学院长到种地农民，他的人生注定波涛起伏。

第一节 回农村

阵阵鸡鸣叫醒了乡村微曦的清晨。秋风清爽，万物扑簌簌闪着光。

车晓松从地头的临时板房里走出来，他揉了揉被晨光刺痛的惺忪眼睛，搓了搓脸颊，双手抱头扒拉了几下蓬松毛躁的头发。混合着植物清香的湿润的空气，使他打了一个喷嚏，这个喷嚏打得十分畅快，困意一扫而空。秋风乍起微凉，他裹紧了自己的外套，便一头扎进樱桃大棚里。

满目的樱桃树站成一排排，阳光跳跃在翠绿的叶子上，摇曳着点点斑驳的光晕，像欢呼的手掌。树影斜长，一条一条映在土地上，穿行其中，有种拾级而上的错觉。大棚里不久前刚刚施过豆粕发酵的有机肥，散发着阵阵臭味，和泥土的甘甜气息、果木的清香混合在一起，是乡野独有的味道。

车晓松边走边拨开挡在眼前的樱桃树枝丫，不时停下来在果树前驻足，熟练地握起一片树叶，随后松开手，树叶就像一块有弹力的布料，由蜷曲慢慢至伸展开来。

"嗯，肥料调得正到位。"车晓松心里暗想。裤管和布鞋上都沾染了新鲜的泥迹，斑斑驳驳就像田埂上那些灰暗的无名之花。

他俨然一副有经验的老农模样，"望闻问切"后便知庄稼长势：如果树叶特别脆，容易折断，就说明这棵树氮肥施过量了，它体内含氮量过高，树长旺了，就不容易结果。

在大棚里走走停停转过一圈，不知不觉已有个把钟头，车晓松提起裤管，蹲在地头上，稍作休息。经营着 300 亩樱桃园，"80 后"的他，脸庞方正，常年日晒使皮肤呈现古铜色，黑色的裤子上时常沾满与布料融为一体的斑斑泥点子。如若不是戴一副金丝眼镜，很难让人联想到他之前的职业身份——大学老师。

"晓松，起这么早。"有刚走出家门干活的农人路过，跟他打着招呼。他笑着点点头："早起三光，晚起三慌。"

"不愧是大学生，说话一套一套的。"来人竖起大拇指，笑呵呵回应着。

古人有句话：早起三日当一工。意思是一连三天起早，就等于多做一个工日的农活。"早起三光"，是说坚持天天早起，就能把庄稼种得有条有理，无一棵杂草。"光"是庄稼地里无杂草，庄稼长得好的意思。"晚起三慌"，是说每天早晨睡懒觉，起不了早，耽误了农时，导致田地荒芜，庄稼就种不好。

从小在农村长大，车晓松心里清楚，不管是大学生还是庄稼汉，种地就得认一个理：每天起早贪黑是少不了的，多一滴汗水多一分收获，农家日子才能过得好。

"我就是一个种地的。"行走在樱桃树垅间，累了席地而坐，遇到熟人调侃或者陌生人来访，车晓松总用这句话开场，直截了当，丝毫没有半点掩饰和扭捏的语气。

车晓松出生在山东省青岛市平度市云山镇铁岭庄村，父母在镇上开了一家金属用品店，家里种了三亩樱桃，是地地道道的农民家庭。

考入北京现代管理大学后，车晓松成了村里为数不多的大学生，更让村里人羡慕的是，毕业后他留校任教，成了一名大学老师。这个职业在乡亲们眼中可是镶着金边、自带光环的。"看人家老车家的孩子，是大学老师，教大学生的，啧啧，怎么那么有出息！老车家真是烧高香了！"十里八乡的乡亲们，提起车晓松没有不认识的，妥妥的"别人家的孩子"。

能干的车晓松事业上更是一路高歌猛进，2009 年，年仅 29 岁的他就已经是北京现代管理大学电子商务学院的行政副院长，年薪十几万，妻子也是同校的老师。

"那个时候，我走在村里，大家老远看见我，就一路小跑过来握手拉家常，热情得不得了。"每每想到那段时光，老车都会觉得自己头上像被打了明亮的标签，总能从人群中一眼被辨识出来。幸福感就像炉子上烧开的热水，咕嘟嘟直冒泡。

然而处于人生顶峰的车晓松可不这么想。大学老师的工作平淡如水，他看到了自己的天花板，想尝试新的人生。"也许我可以做一些更有挑战的事情。"这个念头像一颗丢进湖水的石子，溅起的水花一圈圈扩散，越来越大。

不安分的车晓松瞒着家里人辞掉了工作，首次创业的他却遭遇"滑铁卢"：他承包了两辆车做起物流运输，没干几个月货车出了车祸，赔了三十多万。

窘迫的时候，五块钱一包的哈德门，车晓松都舍不得抽。回想那时的自己，用"穷困潦倒"来形容一点儿也不过分，向银行贷款五万块钱都办不下来。2012年底，车晓松回到家乡，第二次创业他瞄上了樱桃。

第二节　摊　牌

平度市云山镇三面环山，属典型的小盆地气候，土壤微酸，种植区域土壤以沙壤、褐潮土为主，地貌类型属河流冲积平原，土层深厚，富含有机质，通气性良好，非常适宜大樱桃生长。云山大樱桃颜色鲜红，玲珑剔透，果肉厚而细嫩，咬一口汁液丰富，果香浓郁。因此，云山镇素来享有"胶东大樱桃第一镇"的美誉。

20世纪70年代，云山镇就开始引种大樱桃。2005年，云山镇还被授予"中国优质果菜基地乡镇"荣誉称号。2013年，原中华人民共和国农业部正式批准对"云山大樱桃"实施农产品地理标志登记保护。

决定扎根农村的车晓松起初并没有把自己的想法告诉父母。"不对劲啊，每年回家过年，初十之前就去上班了。"2013年的春节，一直到出了正月十五，儿子还没有要出门的打算。从他躲闪的眼神里，细心的父亲老车察觉到了异样。

一日，一家人围坐在饭桌前，老车端着一碗玉米糊糊粥，粥很烫，他边吹边小口咂着。坐在炕头的母亲暂且将热粥晾在一旁，顺手拾起针线笸箩，插空给车晓松缝掉落的衬衣扣子。

"今年开学晚？没见你收拾行李呢。"几口粥下肚，老车眼皮不抬，问出了积攒了多天的疑惑。

空气就像凝固了一样，车晓松用筷子尖戳着碗底：说，还是不说？他犹豫了几秒钟，终于说出了几个字："我辞职了。"一口馒头还含在车晓松嘴里，他吐字含糊不清。他一直低着头，好像在等待一场被气象台预报了很久的狂风暴雨。

"什么？你刚才说什么？"老车手一抖，碗差点没端住。母亲猛地抬头望向他，手里的针一下扎歪了，指肚旋即渗出小血滴，悬悬不坠，逐渐凝住。

"我辞职半年了，干生意还赔了……"车晓松早想将这些话一股脑吐露，它们就像一堆大石头压在胸口，让他寝食难安。毕竟这半年的经历起落跌宕如同过山车，一件件意外接踵而至，虚幻得有点不真实。

"我不走了，我要在村里种樱桃……"一口馒头咽得急，车晓松还没说完，就哽住了。

"胡闹！你敢！"像被一记重拳击中，老车的血压噌地冲到头顶，他捂着胸口大喊，感觉肺都要气炸了。他早预感到儿子有事瞒着，但是真相揭开的瞬间，他还是大吃了一惊。

"这孩子，你这是犯了什么糊涂啊……"母亲急得眼泪在眼眶里打转。

老车"砰"的一声站起，膝盖窝将椅子朝后顶开，怒吼声就像破碎的玻璃片一样纷纷扬扬："你给我出去，这个家容不下你了，明天就去找工作去！"

他向着儿子推门出去的身影，重重地摔出一个碗。摔门的沉闷咣当声，碗落地四散的乒乓声，母亲压低的哭泣声，声声刺耳，划破充满火药味的空气。

第三节 对 峙

母亲为了打消车晓松的念头，找来同学、亲戚轮番上阵劝阻。得知他准备承包村里的三亩地，母亲甚至还联合舅舅编了谎话骗他，说那三亩地是洼地，不适合种樱桃。

那段时间车晓松消停了几日，不再提樱桃的事了。他在青岛应聘的民办大学也发来通知：过了正月，学生们开学，就可以来上班了。

老车终日紧皱的眉头稍稍舒展了一些。虽然在北京工作有个好"名声"，但是能离家近，回青岛也是个不错的选择。大学老师这个让农家人引以为豪的饭碗也算是保住了。

就在家人以为车晓松会就此罢休时，没想到几天后他从村民的闲聊中得知，那块地并非像舅舅所 言，不适合种樱桃。母亲善意的谎言被戳破了，车晓松当即与土地出租人签了承包合同。

就在这时，在北京工作的妻子也和他离了婚。"你想待在农村，就一个人待着吧。"电话里妻子的声音充满愤怒。为了种樱桃，车晓松彻底成了孤家寡人。

"他认准了一件事，打死不回头，倔得十头牛都拉不回来。"母亲很是不理解，老车气得直跺脚。

车晓松为什么铁了心要回老家种樱桃呢？

原来春节在村里串门的时候，他和一个亲戚有过一次闲聊，亲戚说的一句话，让车晓松很吃惊，他说："盖满桶底就过百元，水桶稍微冒冒尖就过千元。"

那一年露天樱桃卖几块钱一斤，但是亲戚种的温室大棚的卖几十块钱一斤。亲戚说的一桶樱桃咋就能卖这么贵呢？同样是樱桃，价格怎么相差这么大？

车晓松家种植的是露天樱桃，成熟比较晚，上市集中，产量大，价格相对便宜。而亲戚种植的大棚樱桃成熟早，资金、技术门槛比较高，种植的人相对少，所以能卖上高价格。

露天樱桃一亩地大概能卖个两千块钱，大棚樱桃一亩地卖五六万块钱，甚至六七万。"差这么多，这绝对是一个好商机。如果能摸索出科学的种植方法，扩大规模，就能达到几百万的利润。"车晓松心里逐渐明亮起来，他清晰地看到了一个属于自己的未来：这是一条可以闯出名堂的路，泥土地也是聚宝盆，农业正是风口。

这一次，他把自己的命运赌在了这片熟悉的黄土地上。

然而，建大棚需要大量资金支撑，车晓松却身无分文。

"娘，你借我二十万块钱，你相信我，这一次我一定能翻身。"一天，车晓松躲开父亲，把母亲拉进里屋，悄声向她求助。

"哎，儿啊，不是我不帮你，我和你爹就是农民，哪有这么多积蓄啊。"母亲轻轻叹气，眼前这个一无所有的儿子叫她又气又怜。

母子的对话，外屋的老车听得真切。自从上次车晓松在饭桌上摊牌后，他俩就再没说过话，冷战是两个男人硬碰硬的对峙。

老车默默起身，走进另一个房间，把门轻轻掩上，拿起桌子上的手机，他黝黑的脸涨得通红，窗外的光线照在他脸上，把他的脸分割成明暗的两部分。他缓缓叹一声气，气流从腹腔到胸腔走过长长的一段路，在此过程中，他做了一个艰难的决定。

他开始给家中四个弟弟打电话，先是唠点家常，然后再语气凝重地重复着一句话："晓松现在需要钱，有条件就帮帮他吧。"

作为家中长子的老车，一辈子肩挑大梁照拂亲人，从没开口求过人。再怎么和儿子置气，也不能不管他啊。就这样，车晓松顺利从亲戚们手里借到了三亩大棚的十几万启动资金。

第四节 雪 夜

出了正月，车晓松的樱桃园开工了，他先是从外地买回来一批樱桃树苗，而后整地、种树一通忙活。这些农人们习以为常的农活，对车晓松来说却是个不小的挑战。

之前从来没下过地，又雇不起人，车晓松什么活都要自己干。他的手经常磨出血泡，长期被汗水浸渍的领口都褪色了，树枝把衣服刮破好几个窟窿，他也顾不上换。以前回家都是穿着一千多块钱的高档衬衣，现在穿的衣服却是破洞层出。

那时大棚的通风口开关控制还是靠人工，如果哪天天气好，棚内温度会升得特别快，赶上樱桃开花的时候，温度高了花就蔫了，所以需要马上降温，这时候就需要拉绳子，把大棚顶部的通风口都打开散热。有一天他专门计算了一下，那一天在大棚里来回转着，光看温度，就走了八里路。

种樱桃的第一年冬天，赶上下大雪。下雪前需要把棚顶的棉被先卷上去，等到下完雪后，把棚顶的雪扫落，再把棉被盖上。

寒冷的雪夜里，从微黄的光影中能看到飘向棚顶的雪花，它们从大棚的缝隙中，将那毛茸茸的头探进去。

车晓松爬到五米高的大棚顶，扫雪盖棉被。塑料大棚覆盖着雪水，滑得根本站不住脚。车晓松滑倒爬起来，再滑倒，再爬起来，不知道跌了多少个跟头。凛冽的寒风裹着雪砸在脸上，像划过一把把锋利的小刀。温热的眼泪从他眼眶里滚落。

一年后，车晓松翘首以盼的日子终于到了，他的大棚樱桃第一次结果子了。可进到大棚后，他的心就彻底凉了，像坠了铅铁的水桶，一下子跌入深不见底的水井。

樱桃大棚产量惨不忍睹，一棵果树稀稀拉拉才结了二三十颗果子，车晓松算了一下，一共也就卖两千元上下。辛辛苦苦的种植，换来的只有这么点成果，车晓松一下子有些接受不了。

车晓松便找来专家询问，看着树上的小虫子，专家一眼就找到了症结："你的树遭虫害了，这是天牛的幼虫，当地人称哈虫，是一种钻蛀性害虫。它们会在树木表层和树干内部蛀食，造成树干中空，导致树木营养供给不足，甚至死亡。"

第一年种植，因为缺乏种植经验，车晓松并没有防治病虫害的意识，导致天牛幼虫在树上繁衍、猖獗，不但影响了产量，他还损失了六棵樱桃树，一棵樱桃树就价值一千多元。

为了驱虫，车晓松又一头扎进大棚里，每隔两三天就人工抓一次虫子。那段时间他做梦都在抓虫子，虫子黑压压一片爬在树上，怎么抓也抓不完，他一下就惊醒了。

比农活的艰辛更让人不堪的是流言，他成了村里人茶余饭后议论的笑话。"好不容易考上了大学，好好的工作不干，回来种地，真是瞎胡闹！""脑子进水了，被门夹了。""他肯定是犯什么错误了，才被学校撵回来的"……

种地"小白"顾不上理会流言，那时他一门心思想着怎么把樱桃树种好。

下雪天等着雪停的晚上，车晓松和乡亲们聚在大棚里一块打牌消遣，别人算计着怎么赢牌，车晓松脑子里想的都是怎么见缝插针地套话，问问种植经验。不但向老农们学习，那段时间车晓松还买了很多种植方面的书，从网络上也查询到很多知识，每天把学到的知识记录在手机的记事本里。

慢慢地，车晓松总结出了自己的一套种植经验。比如棚里的草不用除草剂，而是用割草机把地上部分打碎，让它们回到土壤里成为有机肥；草根相当于气孔，有助于"活络"土壤里的空气，这样种出来的樱桃口感更好。

"除草剂会损伤樱桃树的根部。"车晓松这样的理念，乡亲们却不认同，他的另类种地法最初也引来不少质疑。半年多没跟车晓松说话的老车，一开口就暴跳如雷："地里长草，让人家看着得觉得你懒成什么样了！""谁家地里草长那么高？丢人！"只为除草一件事，车晓松与父母就争执了两年。

更让人不解的是，车晓松还将十几只大鹅赶进了樱桃大棚，口中念念有词："这些大鹅能帮上大忙呢。"

他打算将大鹅当"除草剂"，不仅能省人工除草费，还能卖鹅和鹅蛋，额外赚上一笔，一举两得。可没过多久，他就发现大鹅成了闯祸精，有了更可口的樱桃口粮，它们就不吃草了，专门捡底层枝上的樱桃吃，这可把车晓松心疼坏了。

车晓松的樱桃被大鹅偷吃，成了村里的一个笑话，大家议论纷纷："花这么多钱种樱桃，却便宜了大鹅，你这鹅蛋得卖多少钱一个？"

车晓松赶紧将大鹅赶出大棚，樱桃采摘完毕才敢放进大棚。

之后，车晓松离谱的种地行为越来越多，怪异的事儿一件接一件。俗话说：人活脸，树活皮。车晓松倒好，他用铲子将树皮割开，还把树根给砍了。"他这是自暴自弃了？"乡亲们猜测道。

还有人深夜撞见过车晓松，被他三轮车上编织袋的气味熏得受不了。"我亲眼看见他把那些又酸又臭的东西带到大棚里去了！"用化肥养树的村民们从来没见过这样的肥料，流言越传越玄乎："你都想象不到那种臭味，无法形容那种酸臭。""这年轻人脑子肯定坏了，种地种魔怔了。"那段时间，村民见了车晓松都绕道走。

车晓松却依然我行我素，他在一些种樱桃的经验交流网站上看到：割树皮是为了将树皮脉络截断，不让叶子徒长，不然就不结果了；断树根也是有选择的，要找长势好的树，以树干为中心，半径1~1.5米范围之外的树根，不管是主根还是须根都要清理掉。这样做都是为了防止樱桃树因为营养过剩而只长树，不结果。

成败在此一举，明年能不能结出硕果，答案还藏在编织袋里。

散发着酸臭味道的东西是煮熟后发酵的大豆，车晓松把大豆煮熟，然后让其发酵，到秋天的时候就给樱桃树用上。发酵后的大豆是樱桃树的有机肥料，可以改良土壤，让结出的果子表皮更加光滑，色泽好，糖分更高。

不仅如此，车晓松还总结出四次不能忽视的施肥时间：一次是在采收之后，施肥以恢复树势，让樱桃树快速补充营养，提供花芽分化所需的养分，保证第二年樱桃的质量和数量；第二次是九月份的秋施基肥，这时候施肥不仅可以补充樱桃树所需的营养，还可以改良土壤；第三次是萌芽期的追肥；第四次则是膨果期的追肥。

无数个寂静的夜晚，月光洒下大地，遇高处则亮，遇低处则暗。车晓松坐在地头上的身影在泥土里被一点点拉长，庄稼、野草的清香像环臂将他紧紧抱住，这让他感到心安。

尤其是在春天里，只要人们肯暂时放下手头的忙碌，到野地里站一站，就会觉得体内的血液加速流动了。如果恰巧下一场雨，转眼间会看到山野间的树木起了变化，就像是有一只手，突然为山林挂上无数吉祥的"灯笼"。

终于熬到第三年，揭晓答案的时刻到了。樱桃树挂果了，车晓松的大棚迎来了大丰收。那段时间，他的大棚挤满了围观的村民，大家都怀揣一分好奇：大学生种地有啥不一样？尝了尝他种的樱桃，果实特别饱满，咬一口，醇甜的汁水就爆出。村民们都竖起了大拇指：大学生种的樱桃，果然不一样！

所有的磨难如雪落江河，都消融在丰收的喜悦里，在朋友们为他庆祝的酒宴上，车晓松连喝十瓶啤酒。

一杯又一杯，既是黄澄澄的酒浆，也是不能言说的五味生活，那份甘苦，只能一饮而尽。

第五节 乡村爱情

黄土不负勤恳人，看着满树挂果，车晓松憨憨地笑着，慢慢积累出经验，收益更是年年高。刚开始种的三亩樱桃，第一年卖了四万多块钱，第二年卖了十一万，第三年就卖到十七八万，第四年卖到二十多万。

这时候一个惠农好政策出台了：超过十亩的种植大棚，每亩可以获得补助两万元。

车晓松认为这是个好机会，他果断承包了十四亩地，投资八十多万，建起了连体樱桃大棚。转年平均每棵樱桃树结果二十千克，这是以前的四十倍。十四亩的大棚净赚七十多万元！

2018年，他再次扩大规模，在白沙河镇发展冬暖樱桃大棚一百二十亩，后又扩展到三百亩。这成为山东省单体面积最大的樱桃大棚，一年种植收入三四百万。

车晓松不再是农业的门外汉，他成为远近闻名的种地好把式。他总是有很多好点子，比如在大棚里安装自动温控仪，每个大棚里安装了六套，这种先进的仪器可以自动监测棚内温度，开花的时候，超过20℃，大棚顶部的通风口会自动打开。

事业风生水起，属于车晓松的乡村爱情也在这片热土上悄然发芽。

2018年底，樱桃的种植规模越来越大，但车晓松面临一个令人头疼的问题：村民们的交易局限在一个樱桃交易市场，当天没卖掉的果子，原来卖五十元一斤的，第二天只能二三十元一斤处理掉。尤其是像他这样的樱桃种植大户，一旦没有卖完，将损失惨重。

这可愁坏了车晓松。一次偶然机会，他在手机上看到有主播在直播卖货，他入迷地看了半个多小时。他第一次看直播，觉得电商这种形式真的挺不错，挺吸引眼球的，基本上几分钟就成交一单。随后车晓松联系到了这位主播，她叫杨志慧，在胶州经营着一家自己的网店，通过直播，卖家居用品等商品。

2019年初，车晓松邀请杨志慧来樱桃园洽谈，杨志慧从胶州赶了约八十里路来到白沙河镇的红樱谷。那时，樱桃园刚刚开始建设，几乎还是一片荒芜。

导航提示她已经到达目的地，可是往左一看全是坟地，路上泥泞得都没法下脚。

"这是什么鬼地方。"就在杨志慧以为自己迷路时，她远远看到一个人影稳稳地立在田地上，两只手插在裤兜里。看着满脚沾满泥的杨志慧从远处走来，车晓松有点不好意思地搓着手："我这刚整地，条件有点差。"

杨志慧眨了眨眼睛，眼睛弯成两道月牙："我在电视上见过你，有记者采访你，说你是大学生，还说你是种樱桃的状元。"她转向远处的田野，耸耸肩说："不过今天看到的，和我想象的不一样。"

两人一边聊着，一边走进了地头上的临时板房里。杨志慧坦诚地说出了自己的想法，她卖的东西相对便宜，自己可能不适合做高端樱桃的销售。她给车晓松分析商品定位、商品应如何与直播间匹配以及如何扩展电商销售的渠道，还给他推荐了卖高档商品的直播店铺。

电商销售模式是车晓松以前没接触过的，他听得入了迷，姑娘一句一字都像清冽的泉水，汩汩灌进耳朵里。他下意识端起茶壶倒水，一心一意想着要做点什么，哪怕是倒一杯淡香的茶水，但茶水慢慢溢出了杯子，他都一点儿也没觉察，直到姑娘喊"满了，满了"，他才回过神来。

看到车晓松紧张又笨拙的动作，杨志慧害羞地低下了头。车晓松抬眼仔细打量了一下这个女孩：她皮肤细腻，眼珠乌黑，眼白则似浮了一层波光，卷长的睫毛轻轻抖动，在她眸底投下一片暗影。

"这姑娘热情又实诚，自己买卖没做成，还极力帮我找门路。"第一次见面，车晓松心里便暗暗有了好感。聊天结束后，他目送杨志慧开着车子远走越远，及至消失成一个圆点，一股暖流在他心里缓缓流淌。

经杨志慧牵线，2019年初，车晓松的樱桃第一次走进直播间，八十元一斤的樱桃，一天就卖了一百多斤。

车晓松在电商领域乘胜追击。从2019年开始，他突破了在传统市场上交易的销售模式，通过电商渠道销售樱桃，他对接盒马鲜生，成功成为走向全国的樱桃供应商。

从规模化种植到搭乘电商的快车，车晓松都准确地抓住了农业发展的风口，这一次他成功起飞。

车晓松和杨志慧虽然买卖没谈成，两颗年轻的心却越走越近。

两人留下联系方式后，经常私下交流，车晓松渐渐发现这个热心善良的女孩和他有共同的爱好：喜欢种地。

"不是一家人，不进一家门。俺儿和他这个媳妇真是对撇子了。"母亲轻轻摇摇头，嗔怪道。虽然不懂种樱桃，但是杨志慧经常在大棚外面撒点种子，种各式各样的花。

有一次杨志慧兴高采烈地跑进屋里，大喊："妈，我和晓松又承包了块地！""我一听头都大了，那么多地种得过来吗？她还在那高兴地报喜呢。"在母亲看来，儿子这次算是找到了知音。

"我还盘算着再找个媳妇，能劝劝他再出去干大学老师呢。现在种地是挣钱，挣钱咋了，那也没有大学老师好。结果找的儿媳妇，和晓松一样不着调，就喜欢种地。"老车心里攒动的希望的小火苗彻底熄灭了。

2020年，车晓松和杨志慧喜结良缘，同年，俩人的儿子出生了。很多朋友开玩笑说，他俩那么喜欢种地，儿子应该起名叫车厘子。

衣食当须纪，力耕不吾欺。车晓松小时候有个梦想，就是建农场，一点一点地耕耘，一点一点地收获。

第六节　创业圈

"原来泥土地可以这么种，可以种到这么大一个规模，原来种地可以收入这么高！"经过质疑和不解，村民们对车晓松这个返乡的年轻人刮目相看。他的致富路子也吸引了十里八乡创业年轻人的关注。

每到节假日，回家过节的年轻人总爱聚到车晓松的大棚里，车晓松也会把种樱桃的经验毫无保留地讲给他们听。车晓松专门在大棚里设了一个茶室，年轻人经常聚在一起探讨农业创业项目。他成功创业的经验，让更多的年轻人看到了农业领域的机会和大好前景。

受车晓松影响，镇上有二十多名年轻人回乡创业，而且回来创业的都是有思想、懂技术、脑子活络的人。尹小宁就是受车晓松影响回乡创业的年轻人之一。

"85后"的尹小宁是一名退伍军人，转业后在潍坊一家大型企业任财务总监，年薪达十几万，后又创办了自己的公司。看到车晓松规模种植樱桃获得的收益后，2016年，尹小宁拿出准备买房子的一百多万，在家乡云山镇投资建起了三十亩的樱桃大棚。

回乡创业的尹小宁从车晓松那里得到了很多帮助。"不要种露天樱桃，看天吃饭，赔的太多。"樱桃收获季一旦赶上雨季，容易裂果，吃过亏的车晓松建议尹小宁全部投资在大棚樱桃上。

"创业时期容易脑子发热，我种得有点多了，应该控制在一百亩之内，像小宁这样的规模就正好，好操作。"别人眼里已是成功范本的车晓松，总是不吝分享自己的失败经验。

地头临时板房的茶室里，他把热水倒进茶壶，茶芽顿时朵朵舒展，叶脉支棱起来，似翡翠起舞。叶片落底后，水汽氤氲而上，满屋茶香四溢。众人围坐在茶桌旁，有关樱桃园的话头便如茶叶一般，慢慢浸出味道来。

"小宁，你媳妇还和你闹吗？"有人打趣道。自尹小宁从潍坊回到平度老家种樱桃，家里战火就开始了，尤其是他擅自做主把家里买房的钱拿来盖樱桃大棚，媳妇简直要气炸了，甚至提出离婚。

"她也不容易，我在老家种樱桃，她一个人带孩子。我今年给她买了一套大房子，靠近滨海新区，出门就是白浪河湿地，住那儿就跟住在公园里一样，算是补偿她。"尹小宁不好意思地笑笑说。

经过几年种植，尹小宁的三十亩大棚一年的收入就有八九十万。刚回村时，尹小宁是用潍坊公司赚的钱补贴大棚，现在大棚的收益远超他在潍坊发展多年的公司。他当时回村里创业的时候，只想把种樱桃当个副业干，没想到干成了主业。

尹小宁扎根农村后，在村里担任村支书，他注意到了一个数据："云山镇樱桃成熟季，最高峰时大棚一天的产量是五百吨，也就是说一天交易收入两千万，一年交易收入就有七亿多。"

尹小宁看了一眼车晓松，车晓松心领神会地点点头："这个上亿的蛋糕，我们只要能切到一点，也是很可观的利润了。"不同于老一辈人安于现状的思想，在樱桃产业上，车晓松和尹小宁有着年轻人喜欢开拓的闯劲，他们并不满足于眼前的一产种植，开始探讨更多渠道的增收。

农村有句老话：养牛的没有贩牛的赚钱，贩牛的没有杀牛的赚钱。

"如果我们只做一个单纯的生产者，我们就是最弱的一个环节，是最底层的一个环节，我们要考虑怎么能做到产销一体。"

尹小宁对车晓松的这句话非常赞同："目前来说，电商就是销售拓宽的一个重要渠道，可以减少中间的利润环节。像去年市场上樱桃的收购价格是四十元一斤，但是晓松直接供给盒马鲜生的一等果就可以卖到六十块钱甚至七十块一斤。"除了卖个好价钱，从枝头到舌尖的时间也大大缩短，青岛当地二十分钟就能送达。

"做电商最重要的一个要素就是品控。"车晓松抿了一口茶，把茶杯放下，在桌子上用手指蘸着水渍画了一个路线图，"比如说我在市场上卖掉这些樱桃，过完秤拉走，樱桃跟我就没关系了。但是电商不一样，我们要把货送出去，要保证人家吃得好，还要保证这个能储存，就是你要一直把关到最后。"

尹小宁当初并不理解车晓松为什么要在有机肥料上下那么大的功夫，买来大豆，大锅煮，再焖起来发酵，自己费功夫不说，成本还高，把现成的氮磷钾肥料直接撒地里，不香吗？当化肥越来越影响果品，不再适合现在这样的电商热销模式时，村民们才理解了有机绿色种植。

"哥，我联系到了一个农科大的教授，他在咱镇上有个实验室，可以把用牛粪发酵的有机肥给大棚樱桃做秋季基肥，我觉得比你那个豆粕更省力，而且效果更好，改天你去我那儿看看。"提起自己的新尝试，尹小宁一脸兴奋。

"好，明天一早我就过去。"车晓松一口应下来。

通过车晓松和尹小宁这样的种植大户引导的绿色种植理念，越来越多的村民接受了绿色有机种植，云山镇附近种植的绿色樱桃也叫响全国。

尹小宁还尝试做起了樱桃产业的深加工，第一批樱桃酒被一抢而空。

"能回来的话就好好干，回报率还是很高的。"车晓松的话就像定心丸，大家都点头回应着。

这片广袤的土地处处是机遇，新青年的加入也为现代农业注入了新鲜血液。车晓松继续聊起樱桃种植的前景："和前几年农业种植的风口相比，现在的形势又有变化。现在如果光靠种地的话，可能难度会比较大，但是农村的机会特别多。云山镇樱桃一年的产值就是几个亿，在这个基础上，如果再做深加工，再做供应链环节的工作，机会跟市场都是明摆着的。"

茶水水汽绕桌不去，一阵风从窗户缝里吹进来，那聚集的水汽立刻升腾至半空，从众人面前散开，每个人的表情渐次明朗起来。

"咱们回到农村创业，也不能只顾蹲在地头上，应该走出去，带回来，把外面先进的农业技术带回来，把产业经营理念带回来。"车晓松目视窗外，若有所思。窗框裁出一角碧青的天，白云一团一团地掠过，忽有小鸟翅膀不动地划过，冲向更高远的天地。

众人聊得热火朝天，不知不觉已过了许久。待到大家从茶室散去，正值傍晚时分。

这是一天最美的时刻。太阳初沉，月亮乍升。两轮金黄色的亮点悬于天空对角，行走在田地里的人们像蒙了一层光晕。恍然之间，世界被渲染成了色彩迷离的油画。车晓松站在地头，他望着这熟悉的土地，感慨良多，许久不动，他也成为这幅画的一部分。

"梦想……醒来无冗长，身处花鸟香，胸中有乾坤，此处乃仙乡。"他乡纵有当头月，不及家乡一盏灯。在家乡实现梦想的车晓松的微信朋友圈里有一首诗，写出了他对这片土地的深爱：东渠闻蛙鸣，南田栽红樱，西家不远离，北望云山顶。

第二章　草莓红了

樱桃熟了，圆了车晓松的创业梦；
草莓红了，映红了乡村"莓"好日子。
从贫困乡到全国"一村一品"示范村，
徐勇带领南辛庄村民走出了一条致富路。
草莓，被赋予"魔力"的神奇果子，飘
香之处乡村巨变。

第一节　乡村之夜

天野已然玄青，刚刚隐入地平线的一轮夕阳，拖着长长的橘红色的光芒，给乡村的房屋镶了一圈浅粉的线条。

此时已是晚上七点多，青岛西海岸新区大场镇南辛庄村党支部书记徐勇家里围满了村民，他们三五一组分散在逼仄的小屋里，或倚着灶台，左右脚变换着交叉的前后位置，或坐在马扎上抽着旱烟，烟圈升腾起来，化成缕缕曲线飘向虚掩的房门。大家的眼睛都瞥向徐勇手里的账本，等待被叫到名字。

坐在徐勇身边的老汉装上一袋烟，点燃。他久久地哑着烟嘴，明灭的火星在他的脸上投下时明时暗的光影。他眯着眼睛盯着账本发愣，盯了许久才开口说话："这草莓苗可考验眼力了，我去年自己出去订那批苗，买的时候看着绿油油的，一片坏叶子都没有，种地里没长一个月，叶子全蔫了，上面盖了一层白毛毛。"

徐勇手里握着一支秃了头的铅笔，在一行开头先写下来一个名字，然后抬头望向坐在面前的人，问道："你要多少苗？我给你记上。"

说话间隙，徐勇不忘回应抽烟老汉："叶子上有白毛，那是得病了啊。大叔，放心，我们四五个人一起盯着选的苗呢，这次要是种不好，你回来找我。"

老汉听闻此话，伸出腿，仔细地在靴底下磕着烟袋锅里的灰，头也不抬地说：“我信你！”

九月底，草莓苗到了移栽大棚的时节，徐勇家每晚总要挤满来订幼苗的村民。前不久，徐勇带领有种植草莓经验的村民先后到济南、潍坊等地考察了半个多月，走访了好几家苗圃农户，去采购草莓苗。

在一个名字后面登记上数量后，徐勇停下了飞起的笔头，环顾了一下围坐的人群，抛出一颗“定心丸”：“这次引种的叫脱毒草莓苗，咱不能光听苗圃场介绍，我还问了买过这家草莓苗的一些农户，一般草莓苗的成活率能达到90%就非常好了，这次订的苗成活率很高，基本达到98%。”

“你找来的苗肯定没问题，我们信你！”“对，我们信你！”围坐的人们笑嘻嘻地回应道。

苗好不好，关系一年的收成，马虎不得。徐勇这次订回来42万株草莓苗，很多邻村的草莓种植户都慕名来找他买苗。

“这种苗抗病能力强，对气候条件的依赖性低，只要种植成功，咱的采收期就能提前半个月到二十天。你们可别小瞧这几天，这可是全年草莓价格最高的时候，收回全年五分之一的收入没问题！”见围拢过来的人们正在兴头上，徐勇也争取利用这个机会把脱毒草莓苗的优势给大家讲透彻。

这时，门外响起几声汽车的鸣笛声，接着是刹车时轮胎划过地面的刺啦声，随后有人大声喊道：“书记，订的苗到货了！车在外面，这是哪家的？”

徐勇连忙起身奔出去，脚上还趿拉着拖鞋，没等踏出院门，他就拿出电话放在耳边，电话嘟嘟响着还没接通，他先回应门外的人：“我马上给老李打电话，是他们那个组的。”

在南辛庄村，草莓种植都是几户人家搭伙组成一个互助小组，农活来了，几户人家一起上，今天先忙你家的农活，明天再整我家的农活。

“苗来了，到园区门口接车，车马上就过去了。”徐勇边举着电话嘱咐对方快点出来接应，边疾跑出院门。拐弯处停着一辆大货车，坐在副驾驶位置的村民探出头，问道："书记，苗放哪儿？"

徐勇电话还没挂断，用手指了一下车头的位置，示意他继续往前开："老李那组的，你把车开到草莓园门口，我已经打过电话了，让他在那儿接你。"

货车扬尘向前驶去，徐勇折返屋里，继续登记大家需要的草莓苗数量。等到晚上八点多，聚在他家的村民们渐渐散去，他起身伸展了一下，随即披上一件黑色外套，准备往外走。正走到院子里，母亲从里屋出来，冲他直招手："饭不吃了？这是又要去哪儿？"媳妇端出一碗热腾腾的面条，也着急地喊道："吃完饭再忙嘛，都热好几遍了。"

"我不饿，我去草莓园里看看苗都搬完了没。"一边说着，徐勇头也不回地走出了院门。

这个时节的夜晚已觉秋意凉人，风拂过大地，裹挟了乡野植物的清香。乡村新修的公路静寂无人，徐勇加快了脚步，拖鞋擦过路面，发出均匀的嗒嗒声，远处草莓园的侧影渐渐移近，园区里闪着橘黄色的灯光，这活泼的颜色点缀了浓暮灰蓝的阴暗色彩。

南辛庄村头的草莓种植园占地约两百亩，园区内分布着五十六个现代化的无柱钢管棚，它们像整齐的豆腐块一样排列在一条柏油路两侧。到货的草莓苗要赶紧下田栽种，成活率才高。所以在这个季节，连夜挑灯种苗对常年赶着节气作息的农人来说，也不是稀奇事儿。

草莓园入口处是一座高高耸起的大门，门上有几个白色亚克力材质的大字：青岛西海岸草莓公社。站在大门口，隐约能听到那点点灯光处的嗡嗡的交谈声。交谈声和着不时响起的鸟鸣声、虫鸣声，成了这乡村夜晚的合奏。

已高悬半空的那弯镰刀弯月，此刻显得银光照人。

棚里已经栽下草莓苗的村民正在喷淋浇灌，棚上面悬挂的自动喷水龙头射出细细的水线，湿漉漉的地垄上新栽种的草莓叶子翠绿如玉，水珠儿在叶尖上挂着，闪着一层微光。

徐勇路过一个草莓棚，发现上面的棉被盖住了大半个棚顶，他拍拍正低头干活的村民的肩膀说："把棉被往上升一升吧，温度太高了，外面温度二十五六度，棚里温度得三十七八度了。"说完徐勇脱下拖鞋，走进草莓棚，刚灌完水的大棚里地垄湿滑，穿鞋会被粘下来，只能赤脚行走。他沿着垄间走了一圈，指着一棵叶子发黄的草莓苗对村民说："这棵没活，得赶紧补上新苗。"

在草莓园里转了一圈，已是晚上十点多，徐勇从村庄的小路上折返回家。他背有些驼，头上有很多明显的白发，1988 年出生的徐勇，不过三十多岁，担任村支书已经有几年时间了，他的外貌却比同龄人显而易见地苍老。在村里担任村支书没有什么上班、下班时间，赶上村民们有事了，不管多晚，他二话不说就出门，连鞋子都顾不上换，田间村巷里，经常见他趿拉一双拖鞋奔走的身影。

乡野的天空一片墨蓝，轻缀其中的几簇星星熠熠闪亮，悬在中天的弦月潜进了辨不出形状的一抹暗云里。徐勇身后的影子斜斜拉长，扫过路边成片的玉米秆，墨蓝夜色在他身后围合起来。

第二节 回乡做猪倌

初秋季节，草莓苗集中下田移栽，徐勇已经连续二十多天在地里忙到晚上九十点钟了，看着每户村民把苗从车上卸下来，再帮着把苗整理好，他才能安心回家。

绿油油的草莓苗铺满地垄，喜悦也爬上了村民们的眉梢，今年注定又有一个好收成。

南辛庄村所在的大场镇地处黄海之滨，镇域地势平坦、土地肥沃，蔬、果、林、花、茶等现代农业发展势头强劲，素有青岛"菜篮子""粮囤子"之称。特别是青岛西海岸新区最大的两条河流——白马河、吉利河，在此汇流入海，更让其赢得"两水汇秀、果蔬飘香"的美誉。

占据地肥水美优势，南辛庄村近年来光草莓收入每年就有四五百万元，是全国"一村一品"示范村。然而，2015年之前，南辛庄村却是山东省贫困村，村庄外债三十余万元。带头摘掉贫困帽子的正是"领头雁"——村党支部书记徐勇。任职以来，他带领全村大力发展草莓产业，走出了一条产业脱贫致富的路子，草莓种植户年增收三百六十余万元，人均近五万元，实现了村庄脱贫摘帽。村庄事迹被中共中央组织部收入脱贫攻坚案例。徐勇本人获得山东省"担当作为好书记"等荣誉称号。

徐勇和草莓村的故事还要从2008年说起。那一年，徐勇的父亲突然病倒了，而徐勇当时才十九岁。

因为要照顾生病卧床的父亲，作为家里独子，徐勇从造船厂辞职回到了家乡南辛庄，在村里谋了一份会计的工作，勉强赚点微薄的工资，空闲时间还要帮着母亲忙活家里的两亩草莓园。

说起南辛庄种植草莓的传统，还要追溯到 1998 年，老村支书引进了草莓种植，改变了村民基本只种植小麦、玉米等粮食作物的历史。但传统草莓种植棚多为老式矮小的立柱竹竿棚，棚高不足一米，人在棚里行走都要弯着腰，草莓产量有限，并未显著改善村民的经济状况。年轻人陆续出去打工了，留守的多是五十岁以上的老年人，勉强在这片土地上糊口。

徐勇家更是雪上加霜，父亲卧病在床，花光了家里积蓄，母亲身体不好，窝进低矮的草莓棚几天就直不起腰来，即使起早贪黑，二亩棚的收入也填不满医药费的窟窿。命运的阴影落在这个家庭的头顶上。

有一年除夕夜，伴着村里热闹的鞭炮声，徐勇推开了自家院门。细钢丝上悬着的短裤、毛衫、衬衣，在雪天里被冻成了一块块铁板，直挺挺地晃来晃去。被衣物滴湿的地方，几丛野草半黄。

屋里更是冷清，桌子上只有几盘水饺，孤零零冒着热气。

母亲赶紧走上前，心疼地拍落他衣领上的积雪。外面正下着鹅毛大雪，徐勇的眉毛上还挂着雪花，脸颊冻出了"高原红"。"怎么样，借到没有？"母亲小心翼翼地问道。

"没有……"徐勇从口袋里掏出一把皱皱的纸币，"连五十块钱都没凑够……"徐勇嗫嚅道，尽量压低声音，怕母亲听得太清楚。他更不敢抬头去看母亲的眼睛，怕看到一些晶莹的光亮。

父亲要添新药了，可家里实在是没有钱。整个晚上，徐勇借着拜年的名义，在村里转了一圈，走遍亲戚朋友家，借到的钱还不够买父亲的一瓶药。

"先吃饭吧，饺子都凉了。"母亲背过身去，用袖子抚了一下脸颊。

"我先去烧点热水吧。"徐勇没有胃口吃饭，他一屁股坐在灶台前，拾起几个玉米棒芯塞进灶膛里，灶膛里暗红的火焰轻轻闪跳，摇动着他映在土墙上的影子。他心不在焉地塞着玉米棒芯，没注意到火苗越烧越高，突然一道火光一闪，火苗一下子蹿了出来，生猛地"舔"着了他的头发。

"哎呀！"他叫了一声，赶紧拿手扒拉了一下头发，扑灭了头顶的火星子。"得想办法挣钱啊。"徐勇挠了挠头发，一个想法在脑袋里闪现。前几天，他去镇里交账，听说别的村有人养猪挣钱了。那时候他心里就有点痒痒。

"大小伙子，还能让天塌了不成！"说干就干，刚过完年徐勇就开始多方打听，在哪儿能买到好的猪仔。还没出正月十五，他就订了一批砖头，在院墙外的一处空地上垒起了猪圈。

"看，徐家那个大小伙子，放着城里的工作不干，要去养猪了。"正月里大家都在走动拜年，徐勇要养猪的消息成了他们串门时的话题。

"这不也没办法吗？老徐这病花钱太多，掏空了家底。"

"能行吗？年轻人能吃得了这苦？"

一连串的问号，等着这个年青的小伙子给出一个答案。

第三节　猪倌的爱情

“吆，猪倌来了！”大场镇办公大厅里年轻的姑娘们笑嘻嘻起哄道，柜台前等着交账的徐勇憨憨地咧了咧嘴巴。

作为村里的会计，徐勇每周都要来镇办公大厅处理一些村里的账目。他穿着一件宽大的黑色围裙，上面印着一行醒目的白色大字：×× 饲料。紧挨着大字上面是一行黄色的小字：吃得欢，长得好。围裙上面的挂带松松垮垮地吊在脖子上，腰上的系带则在后背处系成一个疙瘩，围裙上的灰泥点不规则地分布其上，一头乱发像鸡窝，一双拖鞋歪歪扭扭地挂在脚上——徐勇这不修边幅的模样，谁看了都觉得好笑，总能引来姑娘们的打趣。

姑娘们的嬉笑声引起了一个女孩的注意。女孩大学毕业刚刚考进镇政府做文职工作，坐在办公大厅的一角，从隔断的缝隙里打量着这个特别的小伙子：头发虽然蓬乱，但是在额心处却捋成一个尖角，更添几分英气；又黑又长的剑眉，倔强地朝两鬓高挑着；戴一副黑框眼镜，也显得斯文，眼睛在眉毛下面炯炯发光，像荆棘丛中的火焰。

每次徐勇来镇上办理账目，女孩总是忍不住多看他几眼，微笑牵起她时隐时现的酒窝。在她眼中，邋里邋遢的徐勇是自带英俊少年光环的。

很快，她就从同事们口中打听到了徐勇的励志故事：几年前，徐勇自己盖起猪圈，养了十多头猪，生猪仔，卖成猪，第二年就赚了几十万；头脑灵活的他还做起了卖饲料的生意，买了辆货车，各个村庄跑着卖饲料。别看徐勇一副不修边幅的样子，他现在可是十里八村有名的"首富"。赚了钱的徐勇一点儿也不娇气，干活能出力，腿脚也勤快。上门送饲料时"大爷""大婶"叫着，看有的老人扛不动饲料包，他二话不说扛在肩头上，帮着给搬进家门安置好；路上看见有老人骑三轮车运玉米，轮子卡进沟渠了，他把车停一边，用手把轮子拔出泥坑，弄得满脸、满身都是泥点子。

南辛庄乡里乡亲见了他，没有不竖大拇指的："老徐家这个大小伙子真能干，可惜老徐走得早，没熬过那场大病，要不这会儿就跟着儿子享福啦！""这么能吃苦的孩子，真稀罕人，打着灯笼也难找这样的年轻人！"

不久后，在朋友的撮合下，徐勇和女孩恋爱了。同时女孩也了解了这位年轻"首富"光鲜下的另一面：为了接生猪仔，大年夜徐勇曾经睡在猪圈里，冻得发了好几天高烧；常年扛十几千克的饲料包，他的腰留下了伤，下雨阴天就酸痛不已，腰伤导致后背也跟着驼了……了解的故事越多，女孩越发现徐勇是个"宝藏"青年，她坚信他一定是一块宝贵的金子，总有发光的一天。

谈了个男朋友是"猪倌"，这个消息无异于一颗手榴弹，在女孩家里掀起了轩然大波。"谁都别拦着我，我倒要去看看哪个骗子，敢动我女儿的心思，我揍扁他！"盛怒的父亲吼得像一头狮子。

后来，女孩的父亲去南辛庄一打听，了解到徐勇的为人，态度才稍微有些缓和："先谈谈看看吧，小伙子上进，头脑活，还孝顺，如果不是为了照顾生病的父亲，也不会把城里的工作辞了。就冲这一点，小伙子有情有义。"

恋爱两年后，徐勇和女孩步入婚姻殿堂，婚后第二年他们便有了一个可爱的宝宝。

第四节　草莓节

2017年，不满三十岁的徐勇当选为村党支部书记。选举那天，挂着村委会牌子的小屋里站满了乡亲，他们都算得上是徐勇的长辈。那一天，他以全票当选为村党支部书记。老支书握着他的手说："村子的前途交给你，我们信你！"

如果说几年前，他撑起了一个即将倒塌的家，那么从那天起他又要挑起更沉重、更艰难的一副担子——改变这个贫穷村庄的命运。

过去村里种草莓多为散户种植，且传统草莓大棚抗风险能力差，一直不成规模。上任初期，徐勇就带领村民们去外地考察，学习了各地区先进的种植经验，大胆提出"合作化生产，规模性经营"的发展理念。

建草莓园的第一步——全村需要拆除家禽、家畜饲养场。村里两个最大的饲养场，一个是徐勇三百平方米的养猪场，一个是他姑姑家的养鸡场。徐勇二话不说先拆除了自家的养猪场，然后开始频繁出入姑姑家做工作："姑，你信我，卖草莓真能挣钱，规模化种植产量高，销路也广。"

"我信你个鬼！我又不是没种过草莓，那个小窝棚，我年纪大了种不了，都直不起腰来，你想累死我这把老骨头！"姑姑指着徐勇，高高举起的手指头气得直抖。

"扶持资金都申请下来了，以后咱的草莓有牌子了，叫'大场草莓'，叫响了，会销到全国去！"徐勇一边笑嘻嘻地说着，一边轻轻握起姑姑扬起的手。

"草莓长腿？能跑出大场镇就不错了，还全国呢，你唬我是吧？编个好听的瞎话来骗你姑呢。"姑姑被徐勇的笑脸弄得哭笑不得，索性背过身去不再理他。

"这样吧，你特殊，谁让你是我姑呢。我出钱给你保底，拆鸡窝，建草莓棚，赔了算我的！"徐勇拍着胸脯说。

"这犟孩子……"想起徐勇这些年受的苦，姑姑心疼地嗔怪他。如今他当选为村党支部书记，虽然心疼鸡窝，但是也得支持他这上任的第一把火啊，更何况他都说出"保底"这样的话了。

就这样，村里的养殖场全部顺利拆除，徐勇开始发动全村村民进行草莓大棚建设。"致富路上一个人也不能掉队。"今年五十多岁的村民李大爷还记得徐勇当时来到他家动员建草莓大棚的话。

李大爷家里有三亩地，原来主要种白菜、玉米，一年忙到头家里连一万元的收入都没有。徐勇为村里像李大爷这样没有启动资金的五户村民争取到了联保贷款，他们的草莓大棚才顺利建起来。"一年能收入十几万，比在外面打工强。"合计着年底的收入，李大爷笑得合不拢嘴。

借助产业扶贫的东风，南辛庄当年就投资近千万元建设了五十六个现代化无柱钢管棚，棚高近五米，加装自动喷淋浇水系统和保温外层自动升降装置。

西海岸草莓公社热热闹闹成立了，成为青岛市规模最大的草莓产业园。徐勇还为村里争取到了二十多万元，用于硬化、拓宽道路和整修排水沟，村里还建起了停车场和旅游厕所。

"又修路，又搞农家宴，草莓园还整得这么气派，怎么好像家里要来客人的阵势？"村里人都很纳闷。

"对，咱就是要发展乡村采摘旅游。"徐勇要尝试一条村里人都没走过的路。去外地考察时，有些乡村带头人总结了一个新名词——"农旅融合"，吸睛又吸金。

春节前夕，一年一届的大场镇草莓节上，南辛庄的分会场办得与众不同。除了常规的草莓采摘，徐勇还策划了很多有趣的活动，邀请糕点师现场制作草莓蛋糕、草莓酸奶、草莓糖球等。

"亏他脑子活，这些点子我们之前听都没听过。"村民们七嘴八舌地议论着。不止于此，"草莓仙子"评选、草莓摄影大赛等新活动也都成了草莓节的亮点。这些热闹的光景，乡亲们也是第一次见，真是大开眼界。谁能想到村里草莓节办得就像庙会一样热闹？

当年，南辛庄草莓生产突破二百五十吨，总产值近千万元。草莓飘香的新农村取代了曾经的贫困村。

第五节　年轻人，有办法

十一月底，黎明时分的空气冷得像刀子，刮到脸上一阵阵生疼。午夜刚下过一场小雪，一层薄薄的白雪覆盖在这乡野大地上，像巨大的松软的羊毛毯子。草叶一晃，那晶莹的雪花便早早睁开了眼睛，等着晨光把自己扮成金翅的蝴蝶。

一天之中，比朝露和雪花更早舒展筋骨的是农人。

凌晨四点，徐勇便起床了，随便塞了几口包子，拾起外套就出门了。他身穿蓝色冲锋衣，脚踏湖绿色三轮车，直奔村前的草莓棚。

经过西海岸草莓公社的门楼，他在第四届草莓文化采摘节牌子前转了个弯，连片的草莓大棚在微光中映入眼帘。园区宽阔的水泥路上，手机、手电筒闪耀的光芒开始多了起来——种草莓的村民们都起床了。

"你家今天订了四十斤，要保证质量啊。"迎面遇上村民老张，徐勇随口提醒。

"拉货车今天上午十点准时走，你们得早点准备好。""你家大棚今天可别忘了通风啊。""今天育苗专家来看苗，别到别处去！"……一路上不管见到谁，徐勇都会嘱咐上几句，各家的大事小情都装在他的心里。

徐勇边说边将三轮车在自家草莓棚前停放好，掀开了贴有新年"福"字的门帘。他钻进自家草莓棚，摘草莓，除老枝，看到染了白粉病的草莓，赶紧摘下来并用脚碾碎，防止白粉飞散传播。别看徐勇年纪不大，生产经验完全不输老把式。

一个大棚刚忙完，徐勇又钻进了另一个棚，母亲也早早来棚里帮忙，在棚尽头摘果装盒。

从种苗到采摘，几个月的辛苦劳作终于要画上句号。句号如果有颜色，那一定是红艳艳的。满眼的红草莓就像点缀在绿绸缎上的红宝石，有奔头的日子总能叫人忘记起早贪黑的辛劳。

徐勇顺手摘下身边的一颗草莓，放在眼前端详，然后又尝了尝。味道浓，口感糯，产量高，好管理，抗病性还很强，这雪里香今年算是试种成功了。要是能想办法打开这个草莓品种的市场销路，就能有序扩大种植规模了。

徐勇一直是先行先试的带头人。在村里干事，只靠苦口婆心地讲道理是没有用的。徐勇心里一直认准一个理儿：我在干，他们在看，我干成功了，他们也学会了。他把家里的三亩草莓棚当成了村里的试验田。

几年前，徐勇在农科院专家的指导下，率先采用物理种植技术，种植的草莓可以提前成熟，提前上市。提前一个月成熟的草莓能卖到五十元一斤，正常时节成熟的草莓一斤只能卖到三十元。不用挨家挨户去劝村民们接受新技术，第二年他们就会来学习提前上市的种植技术了。

采摘、包装、过秤、装车……忙碌起来，总感觉时间过得飞快。每天的第一项工作——采摘批发完成后，便已经是上午十点了。

把自家棚里的剩余工作托付给母亲，徐勇便出去"串棚"了。"串棚"就像串门，但远没有串门那么轻松。南辛庄村三十一户有劳动能力的村民中，除去两户做生意的，剩余二十九户已经全部加入了草莓种植行业，光是走完这些村民的棚就得用上个把小时。在"串棚"过程中，徐勇会详细询问各家草莓的长势、销售等情况，互相交流一下种植经验。

"咱草莓啥时候能卖上价？是不是刚上市那会儿？越稀罕才越值钱！"十点半，徐勇蹲在村民老张的棚里，和他念叨起了生意经。为抢占市场先机，今年徐勇发动全村种植户引进了脱毒草莓。等进入腊月门，到了收获季节，南辛庄的草莓会比别的地方提前一周上市，抢占最有利的赚钱先机。

"现在这些草莓苗子，年年都出新品种，新品种比我吃过的盐都多！"村民老徐夸张的一句话引来大家一阵嬉笑。种了半辈子草莓，他却常自叹老脑筋跟不上时代了。"你脑子活，爱研究，对市场看得透、把得准，大家伙儿跟着你干准赚钱。"他是打心眼里佩服眼前这个年轻人，每次徐勇讲这些新品种时，他总是盯牢徐勇的眼睛，生怕漏掉了什么重要信息。

"咱都得多学习，一会儿高老师就来给咱看苗子，大家干活麻利点儿，这事儿很重要。"徐勇环视了一下围在身边的村民，叮嘱一句，"高老师的话大家一定要记牢，操作好，争取把这批脱毒苗试种成功。"

几年前，徐勇在南辛庄园区设立了两个草莓专家工作站，聘请农业专家常驻，定期开展草莓种植技术培训，并先后引进白雪公主、淡雪、桃熏、天使、雪里香等新品种。高老师是他请来的农业技术指导员，今年栽苗之前，高老师已经来讲过一次课，指导如何栽苗、施肥、授粉等，今天"地头课堂"再次开课，高老师专门来村里为种植户解答难题，这相当于一次强化"复盘"，村民们总结经验教训，为明年的栽种收获打基础。

"走啦走啦！有谁不熟悉路线，就跟上我的车！"徐勇站起来，拍拍身上的泥土，骑上三轮车，随着几声突突突，车后扬起一缕缕青烟。

不一会儿，村民们都聚集在村头的草莓棚里，高老师正在讲如何给草莓施肥："草莓需肥量大，在栽植前要施入足够的优质有机肥和一定比例的化肥作为底肥。"他把"底肥"两字拖长，每讲到一个关键点时，他总是用拖长的方法来表明这是要讲的重点。"为更好地保证草莓的品质，在种植过程中，我们用牛粪、黄豆等有机肥作为底肥，以黄腐酸作为冲施肥，并用捕食螨以虫治虫。"

"绿色"关乎村里的草莓是否走得远。南辛庄的草莓已远销全国十八个省市，靠的就是种植过程中无农药、无膨大剂、无催熟剂。这里产的草莓是真正绿色无污染的果子。

别看在听讲的农民都是这片泥土地上种庄稼的老把式，但是相比传统种植，草莓种植属于精细化种植，完全是新事物。"咱以前种玉米、小麦，撒上种子，只管浇水、施肥。草莓可是个娇小姐，这一步一步的，可要小心伺候着，不能出了岔子。"村民们一边议论着，一边在小本子上记下高老师说的重点。

"施肥后是整地起垄、翻耕。草莓的根系浅，大部分根系分布在二十厘米以内的表层土壤中，为了使根系更好地吸收底肥中的养分，翻耕深度最好在十五到二十厘米之间。"讲到这里时，高老师用手比画了一下。

"幼苗栽植前摘除一部分老叶，只留下两三片新叶，这样可以减少蒸发失水，有利于幼苗成活。"高老师蹲在地上，揪住一棵草莓演示动作要领，"摘叶的时候用指甲把老叶掐下，基部要留一段叶柄，千万不要劈叶，否则会损伤根茎。整理好的幼苗如不能马上进行定植，就要把幼苗放到阴凉处并加盖遮阳物，减少水分的蒸发。"

一个多小时的集中讲课结束了，这边农业技术指导员开始挨家挨户看苗，具体解答村民们的问题，那边已经装满草莓的配送车也准备出发了。

中午十二点，徐勇匆匆对付了几口干粮，就带着几个种植户一起出发去社区配送点送草莓了。社区配送是徐勇几年前便开始探索的一项业务，目前已经形成了一套成熟的配送和售后模式。疫情期间，他充分利用配送销售链条，联系了十几家社区配送，为全村草莓种植户打开了销路。

晚上七点，暮色渐浓。刚结束社区配送的徐勇走进家门，村民老薛和老石早已端坐等候。"你俩总是这么积极！"徐勇见到他们就笑了，这两位可是村里新扩产的种植户。

"俺俩都刚加了棚，想早点过来向你取取经。"老石憨笑道。

不一会儿，徐勇的家中陆续又来了十几个种植户。草莓收获时节，乡亲们都习惯了每晚来徐勇家里坐坐，一起聊聊种植难题、销售情况。

"你们别顾着聊天了，我妈刚包的水饺，一块吃点儿。"徐勇媳妇从里屋出来，端了几盘刚下的水饺。

"那我们就不客气了，我最喜欢吃大娘包的饺子了。""每次大娘包饺子那个香啊，我从村头走就能闻到。"大家围坐在桌子旁边嬉笑着。

"多吃点儿，多吃点儿，都忙一天了。"徐勇一边给大家分着碗筷，一边招呼道。

他夹起一个饺子，咬了一口，汤汁热气扑面而来，烫得他放下了筷子，说："大家注意啊，明天采摘时把果实个头儿都弄均匀些，批发商答应每斤给咱再加一块钱。"

饺子冒出的热气从每个人的脸上飘过，几个热饺子急急滑下肚，干瘪的胃被美味填满，一天的疲劳一扫而空。"我觉得社区配送频率咱要把握好，不能太频繁，更不能三天打鱼，两天晒网。"老薛说。

"我今天听技术员高老师讲，照顾苗子方面还得更用点儿心，这是咱明年赚钱的关键。"大家你一言我一语，话头跟着饺子的热气在桌子边传递，不知不觉间已到了晚上九点多。

等到村民们从徐勇家离开，夜色早已笼住了南辛庄村。晚归的鸟拍着翅膀穿梭在树枝间，墨黑的天穹上星光闪烁，悬在中天的弦月潜进了辨不出形状的一抹云彩里，整个村庄在阵阵草莓香甜的气息中渐渐入睡。

第六节　直播进大棚

临近春节的一天，草莓节上线了，一位身穿红色大衣的女主持人走在南辛庄草莓园的路上，开始了直播探访活动。

"大家好，我现在所在的位置就是青岛西海岸草莓公社，这里几十个草莓大棚连成一片，十分壮观。"主持人边走边介绍着。

"一颗颗饱满的草莓在绿叶映衬下娇艳欲滴、果香四溢，让我迫不及待地想去品尝了呢。"从主持人用稳定器举起的手机屏幕里，可以看到短短半小时内，直播间累计吸引约十万网友在线观看。直播间里，好奇的网友留言："第一次见到采摘前的草莓长什么样呢。""那是草莓花吗？还是白色的！"

"网友朋友们也看到草莓花了，这是我第一次见到草莓的花呢。"在一个草莓大棚里，女主持人蹲下，被几朵白色的小花吸引，忍不住赞美道，"草莓花是白色的，像雪一样洁白，一簇拥着一簇。"

正在草莓棚里忙碌的徐勇走过来，对着手机屏幕介绍起来："草莓花刚开的时候，花蕊是淡黄色的，慢慢变成嫩绿色，花长到一定时期，花瓣会慢慢凋谢，这时可看到黄绿色的小果子，小果子渐渐长大变红，成为可口的草莓。"

"这位就是有名的草莓书记。徐勇书记，您来给我们广大网友推荐一下南辛庄的草莓吧，到底好在哪里？"主持人顺势把话筒递给徐勇。

徐勇搓了搓手上的泥，接过话筒说："有句形容'大场草莓'的顺口溜——甜水养，沙土长，鸡蛋大，入口化。这是我们引以为傲的特色品质。"

"南辛庄目前种植有雪里香、红颜、甜宝、美香莎等多个常见品种，更有白雪公主、京郊小白等高端品种，光是听听这些草莓的名字，就忍不住要流口水了。"举起一颗红草莓，放入口中，主持人享受地闭上眼睛，"太甜了。"

"今年草莓卖得如何？书记能不能给我们透露一下？"聊天中，主持人抛出一个敏感的问题。

"我们今年主打线上草莓节，采用线上直播配货和线下无接触配送相互配合的模式。村里联系了十几个社区配送，加上网上直播卖货，草莓节一个月的订单累计有一万五千余单。我们的草莓远销全国十八个省市，销售量超过三十五吨呢。"

"网友朋友们，听到没有，销量火爆啊！快来品尝冬天的第一口草莓吧！点击屏幕下方的小黄车下单，从田间到舌尖，最新鲜的草莓即刻就送到您的家门口了。"随着主持人热情的介绍，网页后台的订单量不断增加。

直播镜头移转中，正好有装车的村民路过而入镜，听书记说到草莓销量，村民一时兴奋，忍不住插了一句话："我今年比去年可是多卖了六万块钱呢。"

徐勇也笑了，接过话头说："我们村草莓种植户今年共增收二百六十多万元。"

跟主持人边走边聊，他们已来到草莓园入口处，门楼旁边建有五米高的瞭望台，古朴的小亭子高高立在空中。"走，咱上去瞅瞅，站在上面可以远眺整个草莓园的景观呢。"徐勇走在前面，几步迈上台阶，领着直播的镜头转向瞭望台。

一幅草莓园的丰收图景尽收眼底：一颗颗草莓填满置物筐，一筐筐再摞满货车的车斗，一辆辆货车来来往往。

在草莓园的不远处，大场镇凤凰庄、胜水、柳沟村、陈家屯四个草莓生产基地也复制了南辛庄的模式，先富起来的草莓乡成为榜样和范本，全镇规模化草莓种植面积已突破三千亩。

草莓园的瞭望台是徐勇最喜欢的地方，翻地，栽苗，授粉，采摘……累了他就爬上瞭望台远眺一下，乡野四时风景不同，黑框眼镜片里映出的景象像翻相册一样，一幕幕掠过。

这些年来，草莓像被赋予魔力的神奇果，飘香之处乡村巨变：贫困户不再捉襟见肘，手头宽裕了；住房得到了改善，断裂的房梁木条、渗雨的瓦片、漏风的裂缝都被明亮的瓦房代替；堆积如山的杂物、常年烟熏的黑屋子、外漏棉絮的脏被子也都旧颜换新貌。柏油马路纵横，下雨不会脚陷泥水坑了。徐勇奔走在这座熟悉的小村庄里，小到公交卡的办理、对过冬衣物的需求，大到教育生活补助的落实、临时困难救助的申请，村里的事一件件、一桩桩他都放在心上。

如果说当初十九岁的他回到乡村，人们给他打的是无数个"问号"，那么今天他站在这片草莓园的土地上，回复大家的是一个大大的"叹号"。

置物筐的撞击声，货车开动的隆隆声，人语的喧闹声，汇成了草莓村的旋律，这旋律叩击着大地的胸膛，冲击着低巡的流云。大地如同注入了暗涌的血液，万物在孕育着新的希望，那旋律激昂起来了，尽情肆意地向着遥远的天际传去。

第三章 盐碱地 稻飘香

肥沃的土地孕育出致富果实，那荒芜的盐碱地呢？育苗、插秧、杂交……年轻的海水稻人，用脚踏进土壤深处，所达之处，贫瘠荒滩变良田，稻海如潮，欢鼓丰收。

第一节　"稻"念

"难以接受这个消息。"2021年5月23日，接到袁隆平去世消息的第二天，青岛海水稻研究发展中心副主任李继明立刻奔赴湖南长沙，在袁老的灵堂前守灵，送恩师最后一程。恩师如父，李继明几度哽咽，悲恸不已。

长沙明阳山殡仪馆外，细雨凄迷，仿佛无声的哭泣。长沙街头菊花售空，殡仪馆外鲜花汇成海洋，更有稻束静静矗立其中，不知是谁，采下老人毕生为之奋斗的梦，向他祭献。花束间的字条留下人们的无限缅怀和痛惜："一日三餐，米香弥漫，饮食者当常忆袁公""愿您梦里有稻香相伴"……

"太突然了！"李继明忍不住夺眶而出的眼泪。2020年12月，90岁高龄的袁老依然像往年一样前往海南三亚南繁基地开展科研。2021年3月，袁老在住所洗手间里摔了一跤后住院，后转入长沙医院。"跟师母微信联系的时候，师母还说争取五一能出院回家。"

2021年5月10日，就在袁老住院之时，袁隆平院士团队在海南三亚试种的超级杂交水稻测产刷新纪录，平均亩产达1004.83公斤，较设计预测亩产量的900公斤多了100余公斤。所有人都沉浸在这个喜讯之中。然而李继明陆续接到一些身边人询问袁老健康问题的电话，他开始隐隐有所担心。

"老师最后走得很安静。"想到这里，李继明再度哽咽。还能讲话时，袁老念念不忘的还是杂交水稻事业。入院之初，他每天都问医务人员："天晴还是下雨？""今天多少度？"有一次，护士回答28℃。袁隆平急了："这对杂交稻成熟有影响！"

"有人说我是洞庭湖的老麻雀，但我更愿意做太平洋上的海鸥，让杂交水稻技术越过重洋。"袁老早已立下他此生宏愿，带着他梦的种子，去了远方。

君似雁随阳，为民谋稻粱。近年，我国杂交水稻年种植面积超过2.4亿亩，年增产水稻约250万吨。中国以无可辩驳的事实向世界证明，我们完全可以靠自己养活14亿人民。

江山思国士，人去稻香丰。袁老就像一穗稻谷，播撒的地方，结出许多的稻粒来，稻香溢四方。

时间回到2017年9月28日。

青岛海水稻研发中心的海水稻迎来了一场特殊的考试——耐盐碱水稻材料评测会。行走在田间的袁隆平院士在等待一场考试结果：考生是水稻，分数是亩产。

来自中国科学院、国家杂交水稻工程技术研究中心等科研机构从事耐盐碱水稻及作物栽培研究的十多位专家共同见证了白泥地研发基地300多份海水稻材料表现，并从中评测出耐盐碱度高、性状表现优秀的"好苗子"。经过现场小区域收割、脱粒、除杂、测水分、称重，最后获得数据，测产测得结果，白泥地研发基地最高产量是每亩620.95公斤，远远超出预期。

这是2016年由袁隆平带领建设的研发平台——青岛海水稻研究发展中心落户青岛后，收割的第一茬海水稻。

袁老对这样的结果很满意，他露出孩子般开心的笑容，表示可以打出一个"优秀"的成绩："今年取得了比较好的成绩，希望再接再厉，明年更上一层楼！"

2018年初，在湖南工作的李继明受袁老委托，赴任青岛海水稻研发中心副主任，主持科研工作。临行之前，袁老对李继明表达了对青岛海水稻基地的期望。"老师很高兴，青岛靠海，他认为这里是研发海水稻材料的天然试验场。像城阳上马基地，土壤经过海水倒灌，形成盐碱地，因此几乎寸草不生，而灌溉用水是桃源河海水倒灌的咸水，盐度在3‰到5‰之间，非常适合海水稻的研究。"李继明说。

2018年10月，城阳上马基地插秧仪式上，李继明和专程赶来青岛的袁老有一次谈心。袁老问弟子："在这边适不适应？"李继明回答："我适应能力还不错，老师您放心，青岛的气候和条件都很适合研发海水稻材料，有利于海水稻项目的推进。"

"老师没有给我定具体目标，实验有成功有失败，他很明白。"但就是这样一份心照不宣的信任，让李继明不敢有丝毫松懈，"其实我压力很大，老师把这样一个重要的项目交给我，我一定要把它做好。"

三年时间过去了，城阳上马基地海水稻总材料数200余份，可以在盐度3‰到5‰的土壤中生长。青岛海水稻基地作为海水稻品种的育种基地，有将近14个品种2020年增产都在30%以上，为全国各海水稻种植基地提供了有力的种质资源保障。

"希望自己做的没有辜负老师的嘱托。"李继明的微信名字叫"盐碱地"，恩师重托，以此明志。

"最后一次面见老师是在2020年9月14日。"李继明对这一天记忆深刻。

因为心疼老师的身体，李继明平日里不敢轻易打扰。2020年9月份，他将收集的全国十几个实验基地的许多测试数据和一些各基地海水稻材料表现照片汇报给了老师。袁老听了李继明的汇报后很高兴，对他说："要继续把这件事做好。"

2017年开始，青岛海水稻研究发展中心牵头组建国内唯一一个国家耐盐碱水稻区试协作组，通过建立水稻耐盐碱评价标准以及区试网络，针对品种的适应性、丰产性、抗逆性等特征，设置北方沿海中早粳晚熟组、沿黄粳稻组、华东沿海籼稻组、华南沿海籼稻组4个组别，在广东、浙江、海南、江苏、辽宁等 34 个区域试验基地进行品种区域试验，在西北、东北等 18 个试验基地进行品种预测试验。

全国 14 个海水稻材料测试点，每年李继明都亲自去考察。年近 60 岁的他奔波在盐碱地头，心里有一个目标：一次走不完，就分两次、三次，一定要自己去地头看，自己去地里取样。这样得来的数据才真实可靠。

"电脑里种不出水稻。""不懂水稻怎么种的人，不要考我的研究生。"袁老的师训时时响在耳边，成为李继明日后笃定坚守的职业习惯。

事实上，袁老一直都是这样践行的。最近几年，袁老行动有些不便，湖南省农科院在他的住宅旁辟出一块试验田，他在家里就能看见水稻。心在最高处，根在最深处。当双脚无法再踏入稻田中时，袁老的心仍然时刻扎在广袤田野里。

袁老早期培养了 6 名硕士研究生，李继明就是其中之一。

1985 年，李继明经人引荐，第一次拜见袁老，想报考袁老的硕士研究生。"老师给我的第一印象是淳朴。"袁老穿着简单，说话平易近人，让李继明心生敬意，"可能是因为我比较认真，老师很少凶我，但是老师对专业是非常严谨的，一丝不苟，没有一点儿马虎。"

有一件小事令李继明至今记忆犹新："记得在我 1985 年参加硕士研究生的复试时，老师拿出一本英文书 Heterosis（《杂种优势》），并给了我一本小英汉词典，要我限时翻译其中的 Epistasis（上位性）一节。当时的我认为，这只是一道测试专业英语的简单考题，直到很多年后我在康奈尔大学学习博士学位课程，更加系统、深入地结合分子生物学学习杂种优势机理时，才进一步深刻地认识到了这道翻译题于杂交水稻研究的意义。因为时隔二十多年后，'上位性假说'仍然是作物杂种优势机理研究的热门课题，由此可见恩师的英文水平及专业造诣。"

勤奋和严谨的李继明深得袁老信赖，研究生毕业后他在袁老身边从事国家 863 课题和国际合作项目，同时兼任秘书，朝夕相处五六载。在李继明的印象里，"老师写文章非常严谨，多一个字也不行，反复推敲，能多减一个字就减一个字，他从来不说大话空话"。

最让李继明佩服的是老师的品格："他对人非常包容，从不计较名利。他总在各种场合将中国杂交水稻的成功归于中国科学家的集体努力以及政府的大力支持，把自己所得到的各项荣誉看作集体的成就。当谈起'杂交水稻之父'这个称谓时，老师多次说他只是个先行者。"

1996 年，李继明进入美国康奈尔大学做访问学者，而后攻读博士学位，2006 年入职美国杜邦先锋公司从事玉米和水稻研究工作。这期间，李继明和袁老从来没有断联过。2007 年，李继明参加了美国国家科学院院士大会，会上，袁隆平被正式授予美国国家科学院院士证书，美国国家科学院院长及与会代表对他为全球粮食生产做出的贡献给予高度评价。

2014 年李继明回国加入华智，成为袁老杂交水稻团队的技术骨干。"在老师身边工作很踏实。"李继明说。袁老早期的 6 名硕士研究生，其中有 3 人曾离开中国去国外发展，都被袁老"喊"了回来，重返祖国的田间地头，成为杂交水稻研发的生力军。"老师对我说的最多的就是要我回国。他说中国有 15 亿亩盐碱地，耕地红线 18 亿亩，人口多，土地有限，更有紧迫感，这里更需要我们！"

"这里更需要我们！"这是一份科研工作者的责任和担当。

作为新中国培育出来的第一代学农大学生，1953 年，袁隆平从西南农学院遗传育种专业毕业后便根植热土，立志解决粮食增产问题，不让老百姓挨饿。1966 年，袁隆平发表了论文《水稻的雄性不孕性》，拉开了中国杂交水稻研究的序幕。1970 年，在海南发现的一株花粉败育野生稻，打开了杂交水稻研究的突破口。袁隆平给这株宝贝取名为"野败"。

1971 年到 1972 年，全国十多个省（自治区、直辖市）的科研人员齐聚海南，袁隆平慷慨地将"野败"送给大家，形成了一场以"野败"为主要材料培育三系的全国攻关大会战。1973 年，在第二次全国杂交水稻科研协作会上，袁隆平正式宣布籼型杂交水稻三系配套成功，水稻杂交优势利用研究取得了重大突破。

之后，杂交水稻的优势不断被证明。

1996年，原农业部正式立项超级稻育种计划。四年后，第一期每亩700公斤目标实现。随后便是2004年800公斤、2011年900公斤、2014年1000公斤的"三连跳"。

袁隆平曾说："1000公斤是在2014年，在湖南省溆浦县实现的。现在向1200公斤高产冲刺。一直领先于全世界，是大家共同努力，也是我们中国值得骄傲的一个地方。"

这是一条艰辛求索之路。质疑、失败、挫折，早习以为常；误解、反对、诋毁，曾如影随形。袁隆平默不作声，背上腊肉，辗转几日火车，去往全国各地，重复一场又一场试验，为稻种追寻适宜的温度与阳光。日益强盛的祖国就是他躬耕科研的沃土。

回望袁老一生，是一代中国知识分子对家国命运的情怀和担当。"人就像种子，要做一粒好种子。"袁老用一生诠释着对人民、家国、民族的责任和爱。

2019年9月，袁隆平被授予共和国勋章，习近平主席和袁隆平曾有过一段悄悄话。主席问袁老水稻有什么进展。袁老回答："我们现在正向亩产1200公斤冲刺！"

2020年，袁隆平海水稻团队在全国十地启动了万亩片盐碱地稻作改良和海水稻种植示范项目，海水稻示范种植面积由原来的2万亩扩大到10万亩。2021年，10万亩海水稻完成测产，平均亩产稳定超过400公斤。海水稻试种规模不断扩大，品种不断改良，亩产逐年递增，在荒芜的盐碱地上，人们迎来了一个又一个稻谷丰年。

"老师计划用8~10年时间实现1亿亩盐碱地改造整治目标，作为学生，唯一能做的就是加倍努力，帮他圆梦。"6月初，青岛海水稻基地马上进入插秧季，追悼会结束后，李继明将返回青岛准备插秧前的繁忙工作。

袁隆平一直有两个梦想：一个是禾下乘凉梦，一个是杂交水稻覆盖全球梦。"继承老师未竟事业，这不光需要我们这些从事杂交水稻事业的专家的努力，也需要千千万万中华拓荒人的努力。"

风起稻菽千重浪，稻芒划过手掌，稻草在场上堆积成垛，水田在夕晒下泛出橙黄的颜色——这是袁老最热爱的画面。"亿亩荒滩变良田"，是袁隆平的梦，也是后来者的梦。看，风轻轻拂过田野，袁老戴着草帽，正坐在稻穗下乘凉……

一稻济世，万家粮足，国士无双，袁老千古！

第二节 芒 种

2021年6月5日，芒种，二十四节气中的第九个节气。"五月节，谓有芒之种谷可稼种矣。"意思是，此时有芒的麦子快收，有芒的稻子可种。

青岛海水稻研发中心白泥地实验基地里，几个戴斗笠的人正躬身在田里插秧。试验田不远处，袁隆平院士手捧稻谷的雕像高高矗立，静静地注视着这一派繁忙景象。

工作人员于萌手拿记录本行走在田间，她身旁的一块试验田里，一垄垄的秧苗簇拥着，稻田里水波微漾，新绿在水田中投射出曼妙的影子。

秧苗长到三叶一心，苗高一扎左右，这样的稻苗是最适合移栽插秧的。这些稻苗都是当年4月初播下的稻种长成的，经过一个多月的生长，陆续到了该起秧插秧的时节。从播种到长到适合移栽插秧的高度，大约需要30天，因为青岛前几天降温，试验田里的稻苗多长了十几天才开始移栽。

"要当天起秧当天插秧，插秧要避开正午温度最高的时候，以保证成活率。"于萌嘱咐身旁正在起秧的工作人员。他们正手持铁铲把秧苗连根端起，再用塑料绳捆好。起秧后要把秧苗一棵一棵插进水田，秧苗之间相隔六七寸。试验田的工作人员采用传统手工插秧法，在水田里躬身挪步忙活一上午，也就能完成一亩田的插秧。

插秧后差不多一周时间，秧苗直挺挺立起来了，就说明种活了。于萌路过一片刚插完秧的试验田，水田边缘覆盖的水少了，秧苗有些许倒伏。"一会得找人过来处理一下。"她心里想。

离于萌做记录的试验田不远处，稻农老彭正在一片灌满水的稻田里整地打浆。插秧前的稻田要灌水泡一两天，这叫作"泡田"，然后打浆、整平。泥土充分吸饱水，才能成为稻苗茁壮生长的温床。

老彭穿着及腿肚的水鞋，拉着一个自制工具的牵引绳，上身后倾保持平衡，缓慢行走在水田里，所过之处泥浆翻滚。这情景用"打浆"一词形容，果然很贴切。

一块地要这样整三遍才能整平。花甲之年的老彭来自湖南长沙，来这儿之前他一直在三亚南繁育种基地料理稻苗。

老彭是个种稻老手，他头戴老式斗笠，皮肤黝黑。此时正值正午，室外温度已接近30℃，汗珠顺着他的脸颊滴落在水田里，他不时抬起胳膊擦拭眼皮上的汗水，以防落进眼睛里。

于萌从水田旁路过，跟他打招呼："吃饭了，彭叔。"

"整完再去吃。"老彭抬起头回应道。斗笠盖在头顶，遮挡了视线，他把脖子向后仰了仰，才看清楚眼前姑娘完整的身影。

"我看你在那几块地里转悠一上午了。"老彭很喜欢这个"90后"的姑娘，有时候远远看着她在田里走走停停，心里就嘀咕：年轻人能下地种田、吃苦忙农活的不多喽。"以后要戴个帽子，小心晒黑了。"老彭用手指夹住头上斗笠的帽檐，向上托了一下，笑呵呵地说。

"管不了那么多了，反正我现在是个黑妹子了。"于萌揪着白色工作服的领子，靠近自己的脸，"看看，是不是很明显两个色号？"

"拿东西遮挡一下管用的，现在刚6月，到了7月、8月，日头晒起来更要命。"

"嗯，今天从实验室出来走得急，没想到要忙活一上午呢。"于萌扬扬手中的文件夹，说，"还剩几块地没记录完，我先去忙了，彭叔。"

老彭朝于萌的背影点点头，他把手中的牵引绳紧了一圈，丹田提起一口气，拉动木板挪动起脚步。"今天整完田，明天一早我还得去别的地插秧。"他心里这么盘算着。什么节气种什么苗，什么节气干什么活，农人心里自有"章法"。与天谋粮，追赶时节，当下没有比这个更紧要的事情了。

试验田里，一簇簇的稻苗旁竖着一排排白色的牌子，牌子上用黑色的笔迹标记的是海水稻材料的"名字"，编号标识不同代表了它们耐盐度、耐碱度不同。再过几天它们会被分别插到盐碱度不同的试验田里，今年差不多播种了将近 2000 份材料，比去年多了 500 多份材料。

于萌翻开自己的记录本，将白色标牌的信息誊抄到纸上，落笔之处，一行小字如有序的蚁群，紧密排列。水稻的生长情况将被一一记录在案，以便跟踪它们各个时期的生长状态，后期进行耐盐碱水稻的筛选。

2020 年，袁隆平海水稻团队在全国十地启动了万亩片盐碱地稻作改良和海水稻种植示范项目。其中，山东潍坊的基地成为全国首个海水稻种植突破 5 万亩的基地；青海格尔木种植了 17 个海水稻品种，打破了我国水稻种植的最高海拔纪录。

飞向全国的稻苗都是在青岛这块试验田基地培育出来的，这里可以说是海水稻的"育婴室"。

被日头晒得有点睁不开眼，于萌抬头活动一下僵直的脖子，眼前有些恍惚。田里水汽氤氲，像一层薄纱笼罩着这片熟悉的试验田，她仿佛又看到了 2017 年 9 月 28 日的场景——那时，海水稻迎来第一次产量测评，袁老兴奋得像个孩子，他一边套水鞋，一边不断地重复着："下田去！下田去！"

"真是一位和蔼可亲的老头。"站在水田旁边，于萌被袁老逗笑了。那年她研究生毕业，刚加入海水稻团队，第一次见到了袁老。

当时白泥地试验田里种植有 300 多份材料，大家从中选取了 4 份表现较好的材料进行测评，1 个亩产潜力达到 620.95 公斤，另外 3 个亩产潜力也均在 400 公斤以上。

彼时，耐盐碱水稻是一个不被重视的小稻种，那时很多业内同行都认为，耐盐碱水稻要进入"国考"，难！

是袁老不断向农业农村部建议，提出荒滩变良田的设想，他在不同的场合以一己之力多次呼吁，中国有 15 亿亩盐碱地，海水稻推广种植 1 亿亩，按照最低亩产 300 公斤计算，每年可增产粮食 300 亿公斤，能多养活8000 万人口。

2017 年底，在袁老的建议下，我国开展耐盐碱水稻区试。在第一届海水稻论坛上，青岛海水稻研究发展中心牵头，联合国家杂交水稻工程技术研究中心，与 18 家研究机构和企业联合成立国家耐盐碱水稻区试联合体，建立区试工作组，开展耐盐碱水稻品种审定试验工作。

经过两年区试和一年的生产实验，2020 年，首批共计 4 个耐盐碱水稻品种通过第四届国家农作物品种审定委员会第六次主任委员会会议审定。

经历过这个过程的人才知道其中的艰辛，那可谓过五关，斩六将。土壤有问题，品种有问题，袁老就动用他的影响力，去全国和国际种质资源库寻求帮助。

海水稻研发中心的工作人员都看在眼里，心疼又敬佩。可是袁老就是这样一个犟老头啊，他认为对的事情就坚持去做，他总是信心满满地说："没有事情是不能做的。"

试验田不远处，海水稻研发中心的办公楼二楼有袁老的办公室，坐在办公室里，透过落地玻璃窗，楼下试验田一目了然，翠绿的稻田、湛蓝的天空被窗框定格成画面。袁老的办公室里永远摆着两幅地图，一幅是中国地图，一幅是世界地图，代表了他一生的两个愿望，禾下乘凉梦和杂交水稻遍布全球梦。

白泥地试验田旁边，袁老手捧稻穗的雕像高高矗立，他神情安详，面露微笑，一双眼睛炯炯有神，望向远方。雕像脚下布满鲜花。袁老逝世后，仍有市民络绎不绝地赶来这里，献上菊花，深情缅怀。

菊花香与稻田的秧苗香弥散，阵阵清香袅袅。

第三节　稻花儿香

8月中旬，插秧两个多月之后，白泥地基地稻田的水稻已经长至及腰高，水稻迎来了抽穗扬花期。

叶间新抽出来的稻穗还是嫩绿色的，在阳光下闪着稚嫩的光泽。微风吹拂过，层层绿浪如无数只欢欣鼓舞的手掌，掀起高低起伏的涟漪，好一幅自带滤镜的诗意田园美景图。

此时，海水稻的选育工作已进入杂交育种阶段，要筛选出更耐盐碱更优产的种质资源，这也是海水稻生长周期里非常关键的选育阶段。

同事们在地里来回穿梭，于萌则安坐在一块水稻田旁边，脚上穿着及小腿的靴子，脚泡在稻田的水里，手握着一把小剪刀，咔嚓咔嚓地剪稻穗。

这可不是在"搞破坏"，水稻扬花期正好是做杂交的好时候。稻花没有花瓣，是那种细碎蕊状的黄白花序，一棵稻苗会开两三百朵花，而几乎每朵花都会成为稻谷。稻花多半是自花授粉，当太阳照耀在稻田上时，青色的禾苗上浮动着细小雪白的花蕊，那种混合着阳光、水汽的气息弥漫在田园四周，芬芳惹人醉。

于萌正在操作的是杂交前的一个步骤，叫作"剪颖"。"颖"指的是稻壳。

剪颖是要把稻壳一个个剪开，目的是确保一会儿开花的时候可以授粉。于萌要先把一串稻穗剪成水稻母本，即把稻壳里的雄性器官——六个花药——全部清除干净。

水稻是雌雄同花的，所谓近水楼台先得月，就算把优良的水稻摆在旁边，同一植株上的雄花也早就让雌花先"怀孕"了，优良的水稻毫无机会，而若想把一株水稻上的雄花去除掉，那比拔腿毛的工作量还大。一株水稻有数十穗，一穗有150~300朵花，水稻的花很小，且雌蕊、雄蕊长在一起，得仔细分辨它们。在剪去雄蕊的时候，要保证不能伤到雌蕊，更不能让雄蕊的花粉落到雌蕊上。

为了选样本，于萌已经在泥里走了好几个来回，一脚深一脚浅，泥水像一只大手，使劲拽住她要行走的脚，她一不小心就是个趔趄。

选样本也是个技术活，要凭自己的技术经验和判断，选那种预计当天能开花的。她不时弯下腰，扒开遮挡的叶子仔细查看。嫩绿长叶常常在她俯身的一瞬温柔地触摸她的脸或者手。

颖壳圆鼓，花粉差不多已经到了颖壳顶端，颖壳似要微微开裂似的。要趁开花前剪下来，把颖壳顶端小心翼翼地剪掉，让花粉暴露在外面。太阳一晒，它一会儿就会散粉，再拿着剪好的要散粉的父本，把花粉授到母本上。

整个过程叫作"杂交"，杂交的目的是培育新品种，优选出更耐盐碱和高产、优质、抗病的水稻材料，这是海水稻培育非常关键的一步。

杂种优势是生物界的普遍现象，利用杂种优势提高农作物产量和品质是现代农业科学的主要成就之一。世界上首次成功的水稻杂交是由美国人在1963年于印度尼西亚完成的，后被授予1996年的世界粮食奖。袁隆平1971年被调到湖南省农业科学院专门从事杂交水稻研究工作，后又担任湖南杂交水稻研究中心和国家杂交水稻工程技术研究中心主任，袁老也被称为杂交水稻之父。

杂交育种是公认的难题，有时候可能花了十年、二十年、三十年，都不一定做出一个好的水稻材料，而科研就是要做大量的前期工作。

此刻，坐在田边的于萌用指甲钳住稻粒，一剪剪不慌不忙。她喜欢被水稻围绕的空间以及这里弥漫的清香。

蝉鸣声从四面八方传来。当剪刀的咔嚓声慢慢响起，周围反而安静了，静得只能听到自己身体的响动——胸腔里的震动声、匀息的呼吸声——仿佛手风琴拉出的和弦，越拉越让人陶醉。身处这样的境地，她自感安心。

她将剪掉颖壳的一棵水稻插在身边的水田里，便暂时不去管它，只待花蕾静静地打开，转身又去剪别的水稻颖壳。

水稻开花的盛花期由温度决定。如果温度高的话，10点、11点或者12点，花就开得很好了。水稻生性喜欢阳光，如果温度不高，水稻就不会开花，或者开了花粉的密度和旺盛劲儿也不会好，下雨或者阴天更会影响授粉。

水稻杂交工作要在一年中最热的季节、一天中最热的时间来做。授粉时也是分秒必争，要不早不晚刚刚好，错过盛花期也是做不成的。

于萌整个花期之内都要顶着正午最毒的太阳，在田间做这个比绣花还细致的工作，要知道这个时间段一般连最勤劳的老农都不会下地干活。水稻杂交育种是目前为数不多的不能靠机器，只能靠人力一点一点来完成的工作。

那有没有更便捷的方法，不用曝晒在大田里进行杂交工作呢？答案是有，也可以把母本水稻从田里挖出来，挪到实验室里做。

但是于萌更喜欢在大田里让它们杂交，她觉得自然环境下更有助于它们的生长。

青岛正值高温天，在等待水稻开花的时候，于萌已经汗流满面。滚落下来的汗珠划过面颊，在下巴处汇集，继而沾湿衣领。有的汗珠流进了她的眼睛，模糊了视线，可是戴着手套的于萌腾不出手来擦拭，只能眨几下眼睛，甩甩头。

等到中午快12点时，作为母本和父本的水稻都慢慢舒展花蕊，像探出头的毛茸茸的鸟儿，好奇地望着这个世界。于萌先给母本水稻的稻穗套了一个白色的纸袋子，接着把父本水稻从水里提溜出来，把花粉轻轻抖到袋子里的母本上，这就是授粉。授粉后母本就会正常结实，最后长成饱满的水稻粒。

她用一个曲别针把白色袋子口封住，做防护。剪颖之后如果别的地方飘来其他品种水稻的花粉，落在上面就会影响杂交效果。

目前水稻正处于扬花阶段，杂交后会进入灌浆期，灌浆期就是水稻营养物质积累的过程。再过一个月左右将稻壳剥开，里面露出一个白胖子，就是成熟的稻米了。

"黑妹子，我们先回实验室了。"有路过田埂的同事跟她打招呼。

"嗯，你们先走吧，我还有几个样本没弄完。"于萌一边说着，一边挥动了一下手里的水稻。

明明是一个"90后"的"萌妹子"，同事却经常管她叫"黑妹子"。"别看我现在黑，我上学的时候也是白嫩着呢。"于萌不服气，作为女孩子，她也很注重美啊漂亮啊什么的。自从种上了海水稻，在田里晒得久了，她便黑了好几个色号。

熟悉她的朋友冬天见了她，问："你怎么这么黑？"她说："我在三亚种海水稻呢。"夏天见了她，朋友又问："你怎么还这么黑？"她说："我在青岛种海水稻呢。"

其实于萌还是很注意防晒的，沿地埂行走，她都穿着长袖长裤。她头顶戴的斗笠是碎花图案的，远看像戴了一圈开满小花的花环，斗笠边缘还有紫色的蕾丝包边，斗笠后面垂下的碎花布可以遮挡脖子。那片碎花布被风鼓满，猎猎颤动着，仿佛一张五颜六色的帆。

这顶斗笠还是她在网上选了许久才选中的，那个紫色的碎花图案一下就击中了她爱美的心。

水稻喜欢温度高的环境，从事水稻育种工作的研究人员只能循着它们的生长喜好作息。眼下正好是做杂交的时节，从早晨到下午太阳落山，他们基本都要在大田里做调查，去记录水稻的生长情况。

试验田旁边的一块牌子上，右下角写着：负责人——于萌。这块试验田里种了很多不同的常规稻材料，都是于萌跟同事们辛辛苦苦种出来的，从育种、播种到现在的抽穗，他们去一趟稻田做杂交回来，就跟洗了头发一样，脱下衣服来一拧都会拧出水。

坐的时间长了，于萌挺了挺腰板，活动了一下僵硬的关节。她看了一眼身旁套着袋子的水稻，那是她今天的劳动成果。在接下来的几个月里，它们会变成沉甸甸的稻谷，继而变成饭桌上一碗碗粒粒晶亮的米饭——脑海中浮现出这样的画面，鼻子里仿佛还能闻到香味呢。

稻花花期半个月，横跨晚夏与早秋。稻花香里说丰年，夏天的高温催开了如雪的稻花，也酝酿着最美的丰收。

第四节　寂寞在唱歌

九月底，潍坊 5 万亩的海水稻基地如同一幅优美恬淡的水田风光图。沉甸甸的稻穗压弯了茎秆，绿色的稻浪一望无际，起伏的波浪告诉人们，其实风有形状。

西边天空飘荡着几缕橘红的晚霞，如果说夕阳像一面金色的鼓，那这些晚霞就是悠悠的鼓声了。稻浪变成一片橘子海，荡起的涟漪闪耀着绸缎般的光泽。稻田上空，一行白鹭自由翱翔，飞入天然的绿色画屏。更被鹭鸶千点雪，破烟来入画屏飞。蓝天、白鹭和无边稻田自成一幅绝美的丰收画卷。

青岛海水稻研发中心潍坊基地项目负责人杨华把车停在地头上，打开车后备箱，拿出一些白色袋子，随即钻进田间，在没过大腿的水稻丛里行走，稻芒如锋利的小刀，划过衣裤时发出声响。

他摘下一秆稻穗，剥开谷壳查看，水稻已过灌浆期，里面的米仁已经硬实。选中一棵稻穗放到袋子里，封口，不一会儿他手里的几个袋子就都装满了，转眼工夫，一只手里的袋子已经掐不过来。他折返回地垄边，把水稻样本放回车后备箱，再拿一些空的袋子，折回稻田里取样。

样本是用来拿回实验室计数估测亩产的，为后期收割季做准备。前几天刚下过一场大雨，沉重的稻穗越来越弯，逐渐接近无声上涨的雨水。雨水稀释了土地的盐碱度，水稻长得格外旺，眼见一个丰收年。

回到实验室后，杨华将取样数据精确地输入工作表格：分蘖程度非常高，一般水稻一穴的基础苗在 3~5 棵，分蘖后一穴可达 15~20 株。每穗的粒数在 190 左右。综合几天的数据分析，他向青岛海水稻研发中心总部汇报：预计亩产 500 公斤左右。

潍坊基地位于寒亭区高里街道，这里曾是盐碱地，最高盐分浓度达到过 13‰，浇的水退去后地面上就像下过霜，析出一层薄薄的白色盐碱物。以往稀疏种植过小麦和玉米，亩产一二百公斤，大面积、成规模地种植水稻还是第一次。

因为靠近白浪河，从水稻插秧开始，这里就成了鸟儿们的栖息地。水稻慢慢长高后，先是出现了小鱼群，在稻田水系里围着根系钻来钻去捉迷藏，后来就引来了白鹭，这种鸟儿是国家级保护鸟类，它们栖息在稻田里，找到了一方避风港。水稻一日日成熟，生态也越来越好。

口袋里的电话响起，杨华一眼认出是订购大米的主顾。"不好意思，今年的米都订完了。"

"什么？还没到收割季节呢。"对方显然不信，连问几遍。水稻刚刚进入蜡熟期，离收割还有约一个月的时间呢。

"今年雨水好，很多人都看好水稻长势，订单一早就下过来了。"杨华肯定地说。

普通农田经过多年耕种多有农药污染，而盐碱地以前几乎都是不长作物的，没有虫害，也没有农药残留。海水稻大米最大的优势就是有机，在市场上很"抢手"，潍坊禹王湿地种植基地还把预售的米包装成一个品牌，叫"种福田"。

杨华家住山东青岛，他在海水稻研发中心工作了四年，差不多跑遍了全国三分之二的地区，陕西、内蒙古、青海、新疆……作为垦荒人，他要比水稻还早到达种植地，取土样回来做筛选，看当地水源和土壤是否适合种植海水稻，从三四月份水稻插秧，到十月份水稻收割，一待就是大半年，几个星期不回家都是常事。

最忙的时候是插秧前后，一天也就能睡四五个小时，大部分时间要泡在水田里。插秧工人来之前，天还没亮他就要到位，工人走了之后他还要在地里检测一遍收尾。

一到夏天，水田里的蚊子便占据了生物链的顶端，谁要是侵入领地，都逃不了被它们叮咬。尤其是夏天的晚上，走进水田里都不敢睁眼，蚊子成群地撞在脸上，稍微喘口气，鼻子里都会钻进几只。

2020年六月份，海水稻首次在青海省海拔2800米的高原上试种植，筛选和培育耐寒、耐旱的水稻品系，对高原地区农业种植结构调整有关键作用。

负责青海项目的同事家里临时有事请假，杨华就被派过去帮忙。首先那里紫外线特别强，放眼望去田地里没有什么可以遮阳的树，他的胳膊被晒脱了皮，在胳膊上随便一块地方轻轻一搓，就能扯下长长一层薄皮，就像蛇蜕皮一样。其次还有高原反应，有一次他在海拔三四千米的地方开车，耳朵里嗡嗡响了好一阵，还伴有一阵阵刺痛感。还有饮食习惯，那里的饭吃一两顿尚觉得新鲜，一吃吃半年，肠胃真有点受不了。最大的问题是一个人的孤单，杨华刚去的时候，发现留守在那儿的同事天天唱歌，杨华觉得很奇怪，同事解释说："怕时间长了不会说话了。"开荒种水稻的地方几里地没有人烟，杨华和当地人语言又不通，基本找不到人说话。

长期在外的同事几乎都有自己排解孤独的办法，杨华的车后备箱里放着一杆鱼竿，来潍坊基地工作已经大半年了，为了打发时间，他学会了钓鱼。

稻田旁边就是缓缓流过的白沙河，有一天夜里，杨华坐在河边钓鱼，一米远处有一只白鹭埋头长饮，河水漾起一圈圈次第扩展的波纹，在黯淡的水面上画出条条闪光的弧线，一直密集地排向河对岸的稻田。

那鸟儿饮完水并不着急离开，它低头梳理羽毛，梳理累了，转头看向一侧并排坐的杨华，眼睛滴溜溜转着，似乎疑惑不已：你的鱼呢？怎么还不上钩？

第五节 "稻"喜

2021 年 10 月 16 日是第 41 个世界粮食日。

青岛城阳区上马海水稻基地，5000 亩的稻田如同黄金织锦，稻谷飘香，收割机停在垄间蓄势待发，农人们脸上洋溢着收获的喜悦。

上午 10 时左右，海水稻的产量测评工作开始了。"本次海水稻的产量测评预示了海水稻在上马基地的表现，让我们拭目以待。"地头上搭起一面临时背景板，主持人声音洪亮，抛出一个悬念作为开场白。

几位专家陆续走进水稻田，为每一个测产品种选定了三块测产区域，然后收割机进入这些测产区域进行小面积收割。收割机张开"嘴巴"，大口大口吞下金黄的水稻。随着机器的运转，杂质去掉，带稻壳的稻谷就收割好了。脱粒后进行水分测定，最后折算成亩产。

杨华蹲在地上操作着一个谷物的水分测量仪，今天他负责测量稻谷的水分含量。正常亩产数值计算的是干重，现场收割稻谷称出来的是鲜重，用这个水分测量仪测出稻谷的水分含量，套用一个计算公式就可以得出谷物的干重。

上马基地土地改良已经历四个春秋。这块试验田位于城阳区桃源河畔，受海水倒灌影响，种海水稻以前，这里是寸草不生的荒地。如今满目金黄的水稻像变戏法一样铺满滩涂，附近种了一辈子地的老农都直呼："这地能长庄稼，真是开了眼界。"

"经测评专家组现场收割测评，编号为 yc-2003 的水稻（常规稻）品种亩产 580.1 公斤，编号为 yc-2009 的水稻品种（杂交稻）亩产达到 779.1 公斤。青岛海水稻连续四年实现了增产！"随着主持人宣布测产结果，现场的人群中响起一阵欢呼声。

正在水田里查看稻谷长势的于萌兴奋地跳起来，忘了自己穿靴子的脚还扎在泥地里，一个趔趄，差点儿摔倒。

"你这是要给谁鞠躬呢？"这一幕被地头上忙活完测产的杨华看到了，他取笑道。

于萌羞红了脸，头转向一侧，马尾在脑后一甩："要你管。"

青岛作为海水稻品种的发源地，上马基地每年都要举办丰收节，这一天，在全国各地种稻子的研发人员也会聚集于此。这是一支以"80 后""90 后"为主力的研发团队，虽然平时负责的工作不同，但他们各怀本领。

于萌擅长照顾种子，堪比种苗保育员。杨华擅长垦荒，是照顾农田的"全职保姆"。有同事负责品评稻米口味，每天要"干掉"几大碗米饭。还有"玩转"现代农田的宋涛，"90 后"大数据项目经理，竖在田间地头的智能 AI 摄像头都是他的"眼线"。它们算是现代化农田的"新型稻草人"，可以 24 小时不休息地监视农田动态。这些数据都传回基站处理设备统一汇总，再传递到土地数字化平台，平台上就可以显示整个农田的动态信息。AI 摄像头还可以识别虫害，大数据团队输入算法，它们就可以根据拍摄到的水稻生长画面自动识别虫害。

"不能输给年轻人，怎么说我也算个'60 后'吧。"被一群年轻人围绕，海水稻研究发展中心副主任李继明不服输。丰收节前他用 9 天时间一口气跑了 7 个省（自治区），到内蒙古、宁夏、黑龙江、浙江等地查看当地海水稻的表现。这些从青岛"走出去"的种子在当地表现如何，他要亲自去看看。导师袁隆平的师训"电脑里种不出水稻"，他一直奉为圭臬。

这丰收的场景似曾相识，所有人都记得 2020 年那个丰收节。彼时，袁老身体不适，已不适合舟车劳顿，无法亲临现场。他守在屏幕另一端，等待亩产测评的结果。

测评结果出来后，工作人员现场连线了袁隆平院士，向他汇报各地丰收的好消息。当听到山东东营海水稻亩产超过 860.95 公斤时，袁老打断了一下，问："东营？是山东东营吗？"得到肯定的回答后，袁老连声说："我高兴得很。我们为世界粮食日奉献了一份厚礼。"

"锄禾日当午，汗滴禾下土。谁知盘中餐，粒粒皆辛苦。"袁老现场吟诵一首古诗《悯农》，提醒大家要重视粮食浪费的问题，"对这首古诗，我们有非常深刻的体会，生产粮食是非常辛苦的，一方面要增产，另一方面更要厉行节俭。"

我国粮食产量有望连续 6 年稳定在 1.3 万亿斤水平。这个数字凝结了一代又一代的农业研发人员的辛勤汗水。拓荒为耕，亿亩荒滩变良田。

喜看稻菽千重浪，遍地英雄下夕烟。麦浪飘香，这丰收之景来之不易。

第四章　渔港欢歌

当大地上稻浪翻滚，传来丰收的喜讯，大海也以丰厚馈赠人们。

每年 9 月 1 日是青岛的开海日。咸湿的海风在海面上梭巡，先是卷涌海浪，浪花一下一下拍打岸边的船舷，溅起的水花沾湿久晒干燥的桅杆，像是要给它披上一件战衣；后在渔民的耳边呼啸，如战鼓般咚咚作响：鱼汛，鱼汛……那是来自遥远大海深处的信息。帆樯林立、千舸锚泊的海面看似平静，实则已积蓄起磅礴力量。

第一节　女船老大

2021 年 9 月 1 日，我凌晨五点钟早早就赶到了杨家洼渔港，那是我第一次见到这个古渔港。

岸上停靠着一排排渔船，桅杆上的帆布可能刚刚被拉开，捆绑帆的麻绳弯弯曲曲，散落下来。帆未全张开，在风中飘荡，仿佛大梦初醒。

一车车冰块被倒进将要出海的渔船，装柴油的大罐车轰隆隆驶过，你可以用"忙乱"来形容那个散发着鱼腥味的码头，但也许，那是一种坚不可摧的秩序。

港口不远处的渔民服务中心，渔民们一大早赶来，攥着渔船出港报备表、船舶安全管理证书等材料，有序办理出海手续。"咔"的一声，工作人员认真审核渔民送上的材料后，手中红印章迅速落下，渔民出海手续就办好了。

手机上的"智慧渔港"监管系统正在试运行，也有渔民拿着手机，在工作人员的指导下，完成网上申报。渔民只需要在手机上简单操作，即可轻松完成船舶进出港的报备工作，提交的船舶、人员信息即刻便上传至系统后台，进行大数据比对，比对结果会推送至核查部门，一艘船舶的报备查验时间由原先的半小时缩短至几分钟。

人群里来申报出海的多是船老大，一般是家里的男人。有一个女人站在人群里，格外显眼。她看上去三十几岁，圆脸盘，眼睛细长，像弯弯的月牙，她留着齐耳短发，发色是时髦的棕黄色。她身材圆润，穿一件蓝色的旗袍裙，袖子连着侧腰是浅浅的碧蓝色，前面是稍深邃的景泰蓝，这样的色彩搭配能显得腰身略瘦一些。裙子上点缀着几只粉色的蝴蝶，它们拖着长长的尾翼，萦绕在裙摆间。

"帮我看看，这样申报，程序对不对？"听工作人员讲解如何在手机上操作，她马上就掌握了要领，在其他人一脸茫然之际，她拿着手机点了几下，已出现"申报成功"的界面。

我欲上前与她攀谈几句，努力穿过我和她之间的人墙，但等我挤到她刚才站立的位置时，她早已转身离开，消失在通往码头的方向。

船只即将出海，码头上的渔民们蹲在码头上给渔网和麻绳加固铁环，检修渔船，去锈涂漆，叮叮当当的声音回响在整个渔港内。

我在码头上来回走了两趟，询问多人，都没找到一个愿意和我攀谈几句的采访对象，在我自报家门"您好，我是记者，可以采访您几个问题吗？"之后，大家连眼皮都不抬，不假思索地摇摇头。来之前琢磨的诸如"往年一天打多少鱼""算算出海的经济账"等问题，都被憋在口中，成了无解之题。

忽见码头远处有一间小卖部，我灵光一闪：去买瓶水或者什么商品，店主或许会顾及要做我生意，可以与我攀谈几句。

走进这间小卖部，巧了，老板娘正是我在渔民服务中心看到的穿旗袍裙的女人，上前说明我的来意后，她很快答应了我的请求，愿意配合做一个采访对象。

"走，我带你去我的渔船看看。"她热情地招呼着。

"你问这里的渔民是从哪一辈开始捕鱼的？那可说不清，老一辈就是渔民，有这个渔港就有这些渔民。"在杨家洼渔港码头上忙碌的船老大都是男人，她是唯一一位女船老大，名叫王鑫雨，娘家在崂山区沙子口，婆家在杨家洼。

就像这一艘艘渔船，她注定要停栖在渔港。

不怪当地人都数不清几辈人在这里打鱼，据相关史料记载，两千多年前，琅琊港很是繁荣，成为当地政治、经济、文化、商贸中心，是春秋战国时期五大港口之一。杨家洼渔港离琅琊港不远，也是古老渔港码头之一，它们都位于山东青岛西海岸新区琅琊镇。

今天的琅琊码头一侧树立着一块巨大的石碑，上书"徐福东渡启航处"几个大字。据《史记》记载，齐人徐福等上书秦始皇，言海中有三神山，仙人居之。始皇遣徐福发童男女数千人，入海求仙人。迷信长生不老的秦始皇巡幸琅琊，向徐福讨要仙药，而徐福怕受惩罚，编造故事说海中有大鲛，阻拦了求药的道路，骗得始皇同意，再次带数千名童男女，另携百工五谷，由琅琊港扬帆出海求仙，从此一去不回。

经相关学者考证，徐福船队的航线是由琅琊港起航，经胶州湾畔的徐山，再经崂山登瀛，绕过威海成山头到芝罘，横渡渤海至辽东，沿辽东半岛东南近海至朝鲜半岛，再由朝鲜半岛西部近海折南而行，横渡朝鲜海峡，最终到达日本。由此可见，徐福是以琅琊港为起点最终完成东渡的。

到了唐宋时代，琅琊港在我国海岸线上依然享有盛誉。从当地出土的瓷器和地方志的记载中可以窥得，每月都有大小船舶停靠在琅琊港，或运输，或贸易，琅琊港俨然是南北海运航线中的重要转运基地。不仅如此，高丽国入贡中原，需经此地，中原向朝鲜半岛派遣使者，也多经琅琊港出海，所以琅琊港附近曾建造了一座"高丽馆"。

元代政权重心北移，南粮北运兴起，朝廷将山东半岛视为皇粮海运的重地，不仅破天荒地在山东半岛挖通了胶莱运河，还扩建了黄海之滨的琅琊港。作为运粮的重要码头，自然南北客商来往不断，琅琊港附近馆店云集，兴盛一时。

自明代开始，由于沿海倭寇骚扰，加之后来闭关锁国政策的推出，曾经繁荣的琅琊港也和我国其他诸多海港一样，不可避免地走向了衰落，逐渐变为一个渔业小码头。

今天的琅琊港规模依旧不大，但作为青岛西海岸的重要渔港，到了开海季，每天都呈现出一派繁忙的景象。一艘艘渔船停靠在岸边，渔民们热火朝天地劳作着，商贩和市民从市区赶来，抢购着刚捕捞上岸的新鲜渔获。

海风吹过，时空刹那间重叠，仿佛又能看到那个历史中镌刻着兴盛和沧桑的中华古港。

跟着王鑫雨快走到码头尽头，她停下了脚步，指了指码头一侧停着的两艘木头船说："这是我家的木壳船，别看是木头做的，可比那边停的铁壳船结实耐用多了，木壳船使用寿命要更长呢。"王鑫雨又指着远处停泊的大吨位铁壳船说："那些二三十米长的大铁皮船一出海就是一星期，我这俩木船也就十几米，当天出海当天回。"

造一艘铁壳大船成本接近一百万元，王鑫雨家这样规模的木船成本也要四十万左右。"造船厂什么样子的船都有，你要排船先选好样子，船厂给你做好外壳，船的发动机要自己买，买好后放进船壳里，用吊车运到渔港码头，这艘船就可以下水了。"从小和渔船打交道，王鑫雨说起这些码头上的营生，张口就来。

当地人管做船叫"排船"，船是每家每户讨生计的老伙计。

"就像你们每年都保养车一样，船也需要保养，一年保养一两次，每次都得花费一两万元。"渔民的捕捞成本除了造船的支出之外，人工成本也占了相当一部分，王鑫雨说，"现在人工成本越来越高了，像我这样规模的船，出海要配五个人，一个大伙计每月就要两万元。即使是雇短时工，按天结算的船伙计，一天工费也要几百元。"一阵阵海风拂面，吹得王鑫雨碎发乱飞，她时不时用手指拢过短发，把它们塞在耳后。出海的账本就像印在她的脑子里，随便翻一翻，她就可以清晰明了地说出来。

出海打鱼是个风吹日晒的累活，渔民们常用"讨海跑马三分命"来概括其中的危险与艰辛。年轻人已少有涉足这个行业的了，王鑫雨更是例外中的例外。娘家沙子口那边捕鱼都是"三产"了，渔民把船承包给外地人经营，坐等拿分红。在琅琊港，捕鱼还是主要产业，船老大做这些海捕营生都是亲力亲为。

王鑫雨给出海船准备的食物是一编织袋的圆葱，"一般要准备圆葱和圆白菜，也有带肉的，因为船上的鱼是随便吃的，带些菜就可以了。出海一周的那些大船还要带米和面。要给船上的伙计们吃好喝好，他们才能有力气捕鱼不是？"眼前这个女船老大并不是吝啬之人，对船伙计颇为大方。

清晨的渔港，阳光洒在海面上，远处薄雾弥漫，渔船上的小红旗随着微风不停摇曳，就像渔民们期盼开海的心在雀跃。王鑫雨看着远处的大海，眯成一条缝的眼睛里闪着微光。"大船能打四五万斤鱼回来，我这样的木船能打一万斤鱼回来。"说起每年开海的收获，王鑫雨明显兴奋起来，说话语速也快了，"打回来最多的鱼就是刀鱼、鲅鱼、鲳鱼。鲅鱼游得可快了，小船要开得'突突突'，才能追上它们。"嘴里模仿"突突突"的开船声时，她双手握拳，连带着眼睛、鼻子、嘴巴都往一处使劲，好像真的在驾驶着渔船，奔向那海面上跳跃的鱼儿们。

在湛蓝的天空和同样湛蓝的大海之间，广阔的自然领域是角力的赛场。与大海的生灵们"赛跑"，身体里的野性被唤醒，激情的荷尔蒙涌动，紧张刺激的迭起片段，是这世界永恒的生机。

"现在点鞭炮？"站在船边的伙计个头矮小，是王鑫雨前几天刚雇来的外地人，他已在船头挑起一挂红色的鞭炮，手里拿着打火机试了几下火，火苗一蹿一蹿的。

"点！点完咱就出海。"王鑫雨对船伙计说。

说话间隙，码头上一阵鞭炮轰隆。渔民们都在自家船旁边悬一挂鞭炮，这个仪式延续千年，只为博一个好彩头。

噼里啪啦的鞭炮声像明亮的哨响，码头上的渔船陆续启动马达，船桨打水的哗啦声，马达的突突声，加速后船舱划水的嗖嗖声，千舸争流，离港开向大海，生猛如万马奔腾，气势如虹。

"真带劲！"站在码头上的王鑫雨虽然已对这样的场面很熟悉，但还是忍不住感叹。海风阵阵，她的衣裙、短发翻飞，五官时隐时现，只看见她的眼睛很亮很亮，仿佛那些远去的船都凝聚在她的眼眸中了。

第二节 坛子阵

"走，去我店里坐会儿吧。"在码头上从早晨起一停不停地跟着渔民们穿梭，我这才发觉脚跟有点疼，我忙点点头，跟着王鑫雨的步子往回走。

"你娘家是崂山的，你从小就跟着大人出海捕鱼吧？"王鑫雨走路很快，我小跑两步，努力与她并肩，以便听清她说的话。

"老辈人的说法，女人不能上船，不过小时候也偶尔跟着大人出海。"她放缓了步子，歪着头冲我笑，"打鱼的故事倒是听得不少，耳朵都起茧了……"

"快讲点儿，有没有一些有趣的？"这勾起了我的兴趣。

"你想听哪方面的？鬼神的，还是历险的……"她若有所思，仿佛那故事太多，快要撑破脑袋，她一时不知从哪儿讲起。

"鬼神的就算了，历险的可以，或者有没有一些古老的捕鱼方式？"我就像挖出了一汪泉水，真想把这些故事从水里打捞上来，急急带回家。

"你听说过坛子网吗？"她眼睛一亮，双手手指向内弯曲，合拢比出一个圆，"开海前小开海的一种捕捞方法。"

"好哇！好哇！"我难掩兴奋。

自5月1日起，北纬35度以北的渤海和黄海海域正式进入伏季休渔时间，青岛辖区海域全部进入休渔期，时间长达四个月。

每年5月1日休渔以后，渔民就把自己的渔船停在码头，把渔网修补后放进仓库封存。到了8月下旬，再把自己的这些"战斗"装备从仓库取出来。

相较于9月1日的大开海，还有一种提前开捕的小开海，即面向小型张网渔船（坛子网渔船）的开海，休渔时间为5月1日12时至8月20日12时。"我家的渔船租出去有二十多年了吧，租给了沙子口南姜码头的四川人，那边的码头是四川人的聚集区，他们很少买船，多是租我们的渔船。"

跟着王鑫雨的讲述，我也陷入了她的回忆中——

那年她十几岁，8月中旬有一次跟着爸爸、叔叔去出海，那时还没有禁渔期的说法，一行人一早七八点钟就兴冲冲地出门了，将渔网用三轮车运送到码头上，再搬运到渔船上。

沙子口南姜码头上早就停泊了上百艘小型渔船。大多数渔民已经把修船、补网、调试设备这些工作提前做好，就等着出海了。

"出发！"爸爸高兴地大喝一声。待到涨潮时，渔港里的水位升高，渔船即可开动起来。

烈日当头，爸爸和叔叔各自驾驶着一艘小船从沙子口码头出发，一路西行，耳边有阵阵凉风掠过，时而嗡嗡，时而呼呼，是大海的呼唤。

清晨的太阳刚跳离海面，照下一径波光粼粼的光路，有渔船穿过那光路，它就碎成一个个光点，跳跃在海面上。经过将近半小时的航行，渔船最终在石老人东南侧的一片海域停了下来。

"抛锚！"爸爸大喊一声。他和叔叔来到目的地后没有片刻停留，将一条数十米的缆绳抛进海里，那缆绳一头安装了铁锚，入水后便像条蛇，蜿蜒着游向海底，瞬间就不见了踪影。一旁的叔叔则驾船一边前行一边打转，似在试探着寻觅一个回应。

坛子网是如何作业的呢？形象一点儿说，坛子网类似于一个大网兜。简单描述，就是将几十米长的网具固定在海里，第二天去收网。渔网固定在海中，鱼群在潮水的推动下误入网中，进入由渔网组成的"口袋阵"后就再也无法脱身。

渔船所用的坛子网，前面网口尺寸大约是 20 米长，6 米宽，深 40 米左右。前边的大口把鱼吃进来后，鱼就会慢慢聚集在坛子网的末尾，被悉数收入囊中。

坛子网捕捞，每家都有自己的"责任田"，捕捞地点都是固定的，相互不能越界。海平面下有爸爸他们早就打好的桩子，桩子之间用缆绳相连，铁锚抛下去后，要在 20 多米深的海底，将桩子之间的缆绳试探着给勾上来。

海面上啥也没有，渔民是如何知道海底桩子的具体位置的？他们先通过船载导航锁定桩子的大致位置，船拖着铁锚在海底不断地"搜刮"试探，就可以将海底桩子之间的缆绳给勾上来。

"好了！"爸爸吆喝了一声。他拉住连接在渔船上的缆绳，感觉到了绳子传递来的巨大力量。在绞机的拉动下，铁锚从海底将桩子之间的缆绳捞出，爸爸和叔叔随后给其系上浮球。

第一块浮球出现在海面上之后，爸爸继续驾船在海面上前行、打转，又将第二个、第三个、第四个浮球成功安装。

天气炎热，鑫雨待在渔船上不动，感觉皮肤被晒得生疼，爸爸和叔叔在渔船上跳上跳下，脸上早已滴下豆大的汗珠，身上的 T 恤也渍出一大片汗迹。

"可以放网了。"爸爸头也不抬地对叔叔说。看到四个浮球安装成功，他们顾不上擦汗，又投入下一场战斗。

他们合力将第一张网给放了下去，一会儿，海面上出现了一个长方形的网口。

第一面网布设完毕，紧接着，他们又将第二面网下到海里。经过一个多钟头的忙活，两张网均已在海下布设完毕。渔船完成布网后返回岸边等待。

第二天凌晨 4 点多，鑫雨和爸爸、叔叔再次来到沙子口码头。爸爸开动渔船，朝着前一天放网的位置驶去。

远处，晨星模糊，朝霞渐渐划破乌黑的夜空。渔船就像一支画笔，行进处的海面像融了白染料的调色板，由黑色逐渐变为深蓝色，再变成碧蓝色。

半个多小时后，渔船来到昨天布好的浮球处，他们立即忙活着起网。借助船上放置的抓钩，先将海面上的浮球给捞了上来，浮球通过缆绳连接着网兜。绞机转动，缆绳一圈一圈地缠绕在船桩上。

"上鱼了！"爸爸大喊了一声，和叔叔合力把渔网往上拽，可是网兜里有三个大海蜇，根本拽不动。

常见的海蜇有两种，一种叫沙蜇，有毒，处理后才能食用，经济价值不高。另一种叫绵蜇，鲜货很抢手。爸爸用一把剪刀将网兜剪开一个小口子，抄起一个抄网，像手拿一把勺子一样，舀起其中一只沙蜇，将其扔回大海，又将两只绵蜇兜在网中央，舀进船舱里的箱子中。

接着他们一起将渔网拽了上来，将渔获倒入船舱。带鱼、皮皮虾、蛎虾、小螃蟹……刚刚出水的海鲜生猛地活蹦乱跳，有的蹿起半米高后又被船舷挡住，弹回舱里。爸爸本来预料这一网渔获里小黄花鱼会多，可是他扒拉了一下发现最多的是不到两指宽的带鱼。

这一网不太让人满意，另一网如何呢？半小时后，第二张网的网兜也顺利出水，除了一只二十斤左右的绵蜇，网里最多的仍旧是带鱼。

鑫雨学着爸爸的样子在船舱里分拣海鲜，带鱼通身闪着荧荧的光，鱼鳍像波动的飘带。皮皮虾弓起背，继而又伸直，以极快的速度重复着这一弓一伸的动作，努力想保持游动的姿势。螃蟹挥舞着螯钳，一副不得近身的样子，慌乱地爬来爬去。一旁的叔叔则在修补网兜，补好之后又将网兜扔到了海里，和拖网相比，坛子网省事多了，相当于守株待兔，每天只管来起网就行。

为了将最新鲜的海鲜及时运达码头，收网后叔叔即刻驾船往回赶，鑫雨和爸爸蹲在甲板上继续分拣着海鲜。

半小时后，渔船靠岸，妈妈早已经在岸边等候。

分拣好的带鱼、蛎虾、皮皮虾、小黄花鱼，连同没来得及分拣的一堆海鲜被放进筐里。爸爸开着三轮车将这些海鲜运到码头上的交易区售卖。

崂山区沙子口街道南姜码头有着约三十年的历史，是青岛人买本地"小船海鲜"的首选地之一。别看现如今码头上道路进行了硬化，设置了卸货区、交易区、停车区等，干净整洁，以前码头上是没有硬化土路的，渔船卸货后海鲜的腥味顶得人胃液向上翻涌，散落的鱼虾混合进泥地里，一双双长及小腿的靴子来回穿梭，每走一步都扬起零星的泥点子，高高溅起到肩膀处。

每有渔船回来，就像往水里投下了一颗石子，码头上的交易区逐渐人声鼎沸起来。一早出海归来的渔民摆的摊位已经被市民团团围住。"带鱼多少钱一斤？""这些个头不算大，便宜点吧。""皮皮虾怎么卖？"……摊主多是家里的女人，一边分拣海鲜，一边回应着顾客。

妈妈简单整理着爸爸此次出海的收获：三个共重六十斤左右的大海蜇，一百斤左右的带鱼，十斤左右的小黄花鱼和五斤的皮皮虾等。

这时人群涌向码头上刚刚靠岸的两艘渔船，他们带回的几乎全是带鱼。和爸爸出海捕回的小且少的带鱼不同，刚抵岸的两艘船一艘带回九箱两指多宽的带鱼，重约三百斤，而另一艘渔船也带回了七箱个头较大的带鱼。

妈妈看了一眼被人群围住的摊位，用围裙擦了擦手，对爸爸说："那边的带鱼大，一斤能比咱多卖几块钱呢。"

爸爸正在躬身搬着鱼篓，只用余光看了一眼隔壁车子上的东西，并没有停下来，嘴里含糊不清地"嗯"了一声。

往年这个时候，当天布设坛子网的地点能够捕捞到最多的就是小黄花鱼，另外，可能会有少量的蛎虾和带鱼。而这次出海，渔获确实有点让人意外。

鑫雨家在海上有两块位置相对固定的"责任田"，除了当天捕捞的这一块，另一块在小公岛附近海域，那里出产的海货品种跟今天捕捞的差不多，但距离远一些。爸爸考虑到油费和时间成本，选择在近处海域布网，更划算一些。

受洋流、海水深度和鱼汛等因素影响，海上每个地方出产的海鲜并不相同。往外跑个四五海里，带鱼比较多而且个头大；再往外跑个十来海里，蛸虾、杂鱼比较多。

"是不是选错地儿了？远海布网的话，捕回来的鱼能大一些？"看着别人的渔获热卖，自己摊前冷清，爸爸对鑫雨小声嘀咕着，仿佛刚刚反应过来，解释着妈妈唠叨他捕回来的带鱼偏小的原因。

鑫雨对一斤带鱼卖贵了还是卖便宜了并没有太多的感觉，但那个瞬间，她好像看到一个场景：那些鱼、虾、蟹就像放在仓库的大箱子里，哪个箱子里有什么，爸爸都了然于心。

海里能够捕捞上什么海鲜，并不是别人说的"随机"那么简单，也不是想捕捞什么就会有什么。每种海货也有"淡旺季"，更替期一般在一个月左右。比如，在一片海域遇到了带鱼群，渔船就停下来捕捞，等到这里几乎没有这种鱼了，再去别的海域碰运气。

坛子网收获多少，潮汐是最大的影响因素。每逢农历初一、十五前后的大潮，渔获就多。对于出海来说，风险和收益一般也是成正比的。大潮的时候渔获会多，但出海作业和网具被冲坏的风险也更大。

在青岛的渔港码头里，南姜算是比较特殊的一个。20世纪80年代末开始，本地渔民陆续上岸，把渔船出租给来这里打工谋生计的四川人。如今南姜码头所在的姜哥庄住了数千名四川人。

"出海太累了，起早贪黑的，没有年轻人愿意干了。"王鑫雨的眼神从远处"抽离"回来，有关于出海捕鱼的回忆也渐渐消失在海天连接处。

以前没有休渔期这一说法，现在在码头上走走，"非法捕捞你莫干 触犯刑法有条款""严格落实'船进港、网封存、人上岸'的伏季休渔制度"等醒目的横幅随处可见。

除了坛子网，还有很多从老渔民那儿延续下来的海捕方式，比如刺网、拖网、围网、老牛网等。相关的捕捞渔船要严格执行海洋伏季休渔制度规定，需要继续休渔至9月1日12时方可出海作业。

说话间隙，王鑫雨的手机微信一直在响，一些老主顾等待着渔船傍晚带回来的渔获消息。当天交易时，她录下卸货时的视频，发在微信群里，主顾们就会纷纷下单，而后订下的海鲜会通过快递送达。对于从事传统捕捞的渔民来说，大海就是粮仓，一船鱼代表着丰收，是生活的希冀。"捕一船鱼回来，除去人工费用和油费，能赚两三千块钱。怎么说呢，开渔季我干这四个月的收入，可能顶你一年的收入吧。"王鑫雨扭过头，对站在身旁的我得意地笑着。

王鑫雨不仅是船老大，她还经营着码头上唯一一家小卖部。小卖部有两间平房，货架上简单摆放着矿泉水和饼干等商品。每年的开海季，小卖部是这码头上渔民们唯一可以坐下来歇歇的落脚地。那些海上危险的经历，有关古老渔村的传说，都流传在闲谈里，遥远的故事因此得以延续。小卖部是古老渔港江湖的"龙门客栈"，满身风雨的渔民们从海上归来，抽支烟唠唠嗑，洗一洗腥涩的风尘，继续赶路。

第三节 蓝色粮仓

从码头的小卖部走出来，我继续在码头上找寻新的采访对象。

开海前的渔港码头，鞭炮声不断，每每有船下水，人们就会点一串鞭炮庆祝，这一古老的风俗依然在今天延续着。

一阵鞭炮声响起时，我发现下水的不是大船，而是一座"大房子"。凑近一个正在指挥吊车的人，和他搭话，凭职业直觉，我猜测他可能是负责人。那人倒也热情，看得出应该不是第一次接受媒体的访问，他能马上进入状态，并给出你想要的关键信息："这是为海洋牧场量身打造的海上平台，150平方米的微藻实验平台，房子里放的是实验器材、水文监测设备等。先用小船把它拖出港，再用大船把它拖到10海里外的海洋牧场上。它就可以常年漂浮在海上，用于海洋生物研究。"

见被采访者不反感我的冒昧打扰，我趁热打铁问了更多问题，慢慢涉及他的个人信息，包括名字。

"我叫肖辉，是海洋牧场项目的负责人。"他回答道。我这才注意到，站在人群中的他，身高中等，有着和码头渔民一样的黝黑皮肤。

与传统捕捞不同，肖辉在码头上忙活的是全新的现代化渔业。正在下水的海上平台是为他们公司和黄海水产研究所合作的海上科考服务的。

通俗来讲，海洋牧场就是在原来海里没什么生物的贫瘠之地搭建鱼礁石，投放木头集装箱，这里就会慢慢长出海藻等海洋生物来。然后投放一些鱼苗进去，先是小鱼入住，再是大鱼进来，慢慢这里就会形成良性的生态环境，和陆地上垦荒种庄稼一样，荒地就变成了粮仓。

肖辉负责建设的海洋牧场海域有 6000 多亩，是国家级规模的海洋牧场。"比如建设用 100 块钱，国家会补贴 50 元，扶持力度还是很大的。"介绍自己负责建设的这个项目时，他颇有点自豪的语气。

随着海洋捕捞的增多以及近海环境的污染加剧，海里的鱼类资源逐年减少。我国作为一个人口大国，国家为了改善近海海洋环境，也在积极地推进诸多举措。以前多采用增殖放流的方式，就是向大海里投放小鱼苗，但是生态环境已经被破坏，投放的鱼苗不一定能长成大鱼。近年来国家比较倾向于扶持海洋牧场，鼓励有条件的企业把"海洋荒地"开垦成"蓝色粮仓"，这是一个非常有效的方法。

包括肖辉建设的海洋牧场在内，青岛西海岸新区已有国家级海洋牧场 10 余处，总面积 8 万余亩，青岛已建成山东省最大规模的海洋牧场产业集群。

以海为田，放鱼为牧。近年来，青岛把海洋牧场建设上升到战略高度，崂山湾、田横岛、大公岛、凤凰岛、朝连岛、灵山岛和斋堂岛等海洋牧场集群蓬勃发展，青岛海洋牧场建设已走在全国前列。

"海洋牧场不光可以养鱼，实现水产资源增收，还可以协助发展旅游项目，比如潜水、海钓、海上餐厅等，投资项目建成后可以'一鱼多吃'，是可以有多项回报的项目。"肖辉指着面前即将下水的"大房子"说，"明年你再来，那时候海上平台建设得差不多了，带你去海上看看。"

不能确定他说的是不是客套话，我反问道："真的吗？一言为定啊。"

肖辉拍着胸脯说："没问题。"

"近海的鱼越来越少了。""老辈捕鱼都是挑一挑，一些小的或者不常吃的鱼就扔了，现在哪舍得扔啊。"我在杨家洼渔港采访时，经常听到渔民们发出这样的担忧。事实上，我国海洋捕捞资源总体上已被过度利用，沿海环境被破坏，海洋渔业要实现"从捕到养"的战略转变尚需要一个较长时期。围绕在琅琊镇这些渔港周围的水产养殖也是一个重要的产业群。

琅琊镇散落着的水产育苗育种企业有 100 多家，主要繁育海参、牙鲆、黑头鱼、半滑舌鳎、海马等 6 类 8 个品种，年产量约 500 吨，产值近 6000 万元。

走进岸边的养殖基地就可以看到一个个鱼池分成两排，中间是窄窄的走道。打开照明灯，养殖车间满池黑色的小鱼摇头摆尾就聚拢来了——以为要喂食了呢。这很有"花港观鱼"的感觉。

最常见的小鱼苗是许氏平鲉，老百姓喜欢叫它们黑头鱼。如果在黑暗中，它们会均匀排列，自动"排队"，每条鱼之间的距离都是大体相等的，这是它们很奇特的习性。

海洋网箱养殖中，黑头鱼占了一半。北方海域的海水冬天温度大约 2℃，夏天温度大约 28℃，都是适合黑头鱼生长的温度。黑头鱼在北方海域中既能安然过冬又能度夏，是常见的养殖鱼类。有了这些鱼苗，不用等到开海季，也能保证咱老百姓餐桌上一年四季有鱼吃。而这些鱼苗可都是咱琅琊港的鱼子鱼孙呢。

2010 年，琅琊镇上就有鱼苗培育公司开始从青岛琅琊台近海鱼礁海域钓捕野生优良许氏平鲉成鱼，平均体重约 3 斤，将其养殖至体重 4 斤以上时作为亲鱼。2011 年开始进行自主苗种繁育，共培育许氏平鲉苗种 100 多万尾，再从中随机筛选符合条件的雌雄鱼作为原种亲鱼，用于人工育苗。一家大型鱼苗公司每年可培育许氏平鲉苗种 200 万尾以上。

黑头鱼是游泳健将，牙鲆鱼却偏懒惰一些，它们待在海底不怎么游动，网箱养殖中网箱底部经常养殖的鱼种，就是牙鲆鱼。琅琊港上的鱼苗更是销往烟台、日照等沿海养殖地区供养殖户养殖生产用。

与传统捕鱼业不同的是，琅琊镇上的鱼苗企业更热衷于做反哺海洋的事情，近年来这些鱼苗公司一直参与增殖放流工作。一家鱼苗企业的放流记录显示：2015 年，放流全长 3~5 厘米的许氏平鲉苗种 120 万尾，2016 年放流全长 5~6 厘米的许氏平鲉苗种 20 余万尾，义务放流 10 万尾。

位于青岛西海岸新区的琅琊镇东、南、西三面环海，海岸线长62千米，可谓是"家底"非常丰厚：近海约有7700亩暗礁、2.1万亩滩涂，可使用海域面积约20万亩；全镇有35个沿海渔村，从事海洋捕捞、水产养殖的渔民有6000余人；有琅琊港、杨家洼港等大小渔港7处，渔船1300余艘，造船厂5家；全镇渔业总产量达9万吨，渔业产值18亿元。"琅琊玉筋鱼"已被农业农村部正式批准实施农产品地理标志登记保护，"琅琊刺参"已通过国家知识产权局商标注册申请。

俗话说，靠海吃海。但是，随着现代化渔业的发展，"吃海"的方式正在悄悄地发生变化。如果说以捕捞为主的传统渔业讲究的是"能吃上饭，吃饱肚子"，那么现代化的渔业讲究的是"如何吃好，吃得更长远"。

像琅琊镇这样有着几千年历史的渔港古镇也在努力转型，从"靠海吃海"向"养海富海"发展，蝶变之路正越走越宽。

第四节　耕海人

"我们的海洋牧场建设得差不多了，有空可以来看看了。"2022年3月初，我接到了肖辉的电话，电话里传出的声音很兴奋。

自从上次开海采访时偶遇，建立联系后，我经常关注他的微信动态：一会儿在海里放鱼礁，一会儿潜入水底捞海参……他很乐意在朋友圈里展示海洋牧场一砖一瓦的建设过程。

"好啊，很乐意去欣赏一下你的建设成果。"我欣然同意，并与他约好了见面时间。

很快到了约定的当天，我在地铁站等了会儿，肖辉开车来接我。一见面他就解释道，刚才先去港口提游艇了，去海洋牧场最方便的方式是坐游艇，但是潮水太低了，游艇开不出来，他就把在海上看守的大船叫到了岸边，一会儿只能坐大船去海上平台……

说话间，车辆沿着村间公路行驶，一个转弯处，碧波万顷，清晨的旭日照彻心房。广阔的海域像披了一件金缕衣，海面波光激滟，起起伏伏，明暗交替。

看到我在忙着拍照，肖辉一笑："我办公室就在码头上，天天守着大海，像住海景房一样，都没什么感觉了。"常年在海上工作，他对大海早已是"常住无风景"的状态了。

车行20分钟后到达琅琊港，登上大船，我们一行人向海中央驶去。

行驶的大船接近 30 米长，常年停靠在海洋牧场附近，是看护人漂在海上的"家"。船上常驻一名船长和一名船员，在海洋牧场值守一天一夜后，再换人值班。

一进船舱是一个开阔的活动空间，煤炭在炉膛里烧得噼啪作响，这是船上唯一的取暖设备。沙发、椅子摆在船舱两边，椅子上横七竖八堆了几份报纸，船上没有电视等娱乐设备，在海上值班时只能看看报纸解解闷。

船的一头是厨房，简单的灶台上放着一口铁锅，供船员做饭，灶台对面放置了几个一米多高的大桶，储存淡水。船员睡觉的地方是另一间逼仄的房间，地上放一条床褥子就是一张床。俗话说，三月桃花水，这个季节的海上还是很冷的，晚上漂在海上得盖两床厚棉被才能御寒。

船的另一头是船长室，肖辉和船长正在开船，环绕在驾驶室前方的是一圈玻璃窗，视野开阔，海上风景一览无余。驰骋在海面上，不远处的斋堂岛被薄雾笼罩，像披了青纱帐，亦虚亦实。

这时，船一侧有几艘渔船驶过，"天气好了，都出来拖面条鱼呢。"掌舵的船长姓肖，50 多岁的年纪，琅琊镇台东村人，十几岁就跟着父辈出海，他对这片海上的船只基本了如指掌，看一眼便知晓是哪个村的船，八九不离十。这个季节，近海水冷，鱼群都迁徙到深海温暖处，附近的海域已经没有多少渔获了，而面条鱼则在海底的沙子里藏身取暖，渔民们便驾驶渔船用拖网捕捞。

为了看得更清楚，肖辉随手打开了驾驶室的一面窗，一阵海风刮进来，我的帽子旋即被吹落在地，肖船长笑着说："在海上，这算是微风了。"

"估计是看咱的船离开了一会儿，过来钓了两竿子鱼。"肖辉指着迎面匆匆转向的一艘钓鱼艇对肖船长说。那艘船远远看到看守船回来了，自觉地离开了这片海域，向别处驶去。

"你看，水下像山峰一样起伏的物体，都是我们铺设的鱼礁。"行船时间，肖辉向我细数着船上的设备，驾驶室里有一个声呐设备，可以测量水下物体距离船体的高度，声呐屏幕上可以看到鱼礁在海底的分布状况。

人工鱼礁是海洋牧场恢复生态的重要一环。"它相当于在贫瘠的沙漠里盖上房子，植上绿树。"肖辉这样比喻道。给鱼搭建起海底乐园，先是藻类植物附着，然后贝壳、小鱼、小虾生长出来，于是鱼群就被吸引过来，栖息繁衍。"这个季节，鱼礁里生活的多是黑头鱼、黄鱼和鳕鱼。"在鱼群没有形成规模时，海底生物还需要"养"，看护海洋牧场里的鱼群不被其他船只过度捕捞，也是肖辉他们的工作内容之一。

经过20分钟的海上行驶，我们终于到达了离岸四五海里的海洋牧场平台管理区。远远地就看到三座大小不等的平台漂浮在海面上。"远处的是100多平方米的海藻实验平台和300多平方米的维护管理平台，近处这个最大的是600平方米的休闲平台，等天暖和了，游客可以在这里垂钓、潜水。"顺着肖辉手指的方向，我看到漂浮在海面上的平台像一个个大竹筏，下面是浮力装备，缆绳环绕四周，连接的大锚固定在海底的沙石中。

两个月前，春节前夕，600平方米的海上休闲平台刚刚下海。平台中间是一个板房，可以为游客提供住宿，房顶是风力发电的风车和太阳能发电装置，平台两边有两排凉亭，夏天可以坐在凉亭里，漂在海中央看海听涛声，好不惬意。

随着近海海洋资源的过度透支，越来越难在近海海域捕到鱼或者钓到鱼。海洋牧场鱼群稳定，因此近年来广受海钓人群的青睐，到了夏季海上休闲项目的旺季，前来垂钓、潜水的游客络绎不绝，公司几艘游艇的出海任务都排得很密集，"不光夏天，大年初一我还接到咨询电话，一个钓鱼团问能不能出海钓鱼。"常年接待海钓游客，肖辉已见怪不怪。

比第一次见面更加熟络一些，肖辉主动和我聊起了他的工作经历。2019年之前，公司的海洋牧场还是一片空白，他就来琅琊港工作了，那年他35岁。与港口世代捕鱼的渔民不同，肖辉是华中农业大学水产养殖专业毕业的大学生，"来时是挺白净的一小伙儿，现在也成黑炭一块了"。混迹在码头上干活的渔民堆里，肖辉与他们并没有第一眼就能辨识出来的差别。

站在琅琊港的村子里，我不由得生出幻觉，像走进了宫崎骏的动画世界，这里是慢节奏的渔村。渔民们迈着平缓的步子，干活累了就蹲在船上，吐出慢慢扩散的烟圈。渔港附近只有一班公共汽车，一小时才发一次车，下午5点是末班车的发车时间。渔村悠然，就连这连接港湾和外界的唯一交通工具也不急不躁，每天按部就班地行驶在蜿蜒的道路上。

穿梭在人群中间，肖辉走路明显要快很多。"忙的时候甚至连喝水的工夫都挤不出来，例如安装某个入海设备，调度岸上运输、海上船只，装卸施工，海上作业，都不是三言两语能安排妥当的事。"从一块鱼礁开始，一砖一瓦去建设一片6000亩的海域，肖辉平时电话不离手。在渔港的道路上奔波，他的车一年更是跑出了30000千米的里程。

光是人工鱼礁就摸索着换了几种材料，先是用码头废弃的集装箱，钢材涨价后，肖辉又摸索着更换其他材料，用过渔民废弃的养殖网，现在则换成了玄武岩纤维水泥混凝土块。工人从岸上用大船把人工鱼礁拉到海中央，再用铲车一块一块把鱼礁投入海底。有时候是夏天施工，海上一点阴凉也没有，晒得人都要脱几层皮。

"春天我把方块种在海里，秋天就能收获好多鱼！""有没有挖掘机爱好者，和我一块来玩俄罗斯方块……"辛苦的日常，被肖辉以这样诙谐的文字记录在微信朋友圈里。

平台下海可是个力气活，陆地上出一分力气能完成的活，在海上就要花十分力气。肖辉清楚记得，年初安装那个600平方米的休闲平台用了整整三天时间。先是用大拖车把它运到港口岸边，再用几十米高的大吊车把它吊起来，放进岸边水里，接着用几艘长10米左右的小船把它拖出港口，然后换大船把它拖到深海。

平台放置在海里的哪个位置也不是随机的，肖辉花了一天时间，开着船在海上定位，用声呐设备探测海底深度，为它选好位置。小船提前在定点位置四个角定位，大船把平台拖过来，10个千斤重的大锚沉入海底，固定在海底沙石里。工人在平台四周系一圈缆绳，粗糙的缆绳纤维在工人手上磨出了一道道血口子。上千米的缆绳系得手都麻了，但是众人不敢松懈。平台常年漂在海上，安全是第一位的。这是大家都明白的道理。

肖辉带领的海洋牧场工作人员有十几人，都是招聘的当地50岁上下的老渔民，肖船长算是其中的骨干成员。在这片海上谋生，他和大风大浪打了半辈子交道，胆大心细——有他在，船上就有了主心骨。

有时候白天干活要用到小船，就需要赶在满潮的时候先把船提出港口。比如第二天上午要用船，凌晨2点是满潮，如果这个满潮赶不上，下一个满潮就是下午2点了，这样就耽误事了。肖船长会在凌晨把船提出来，妥帖地放在码头上，然后在船上眯一会儿，休息一下，等到天亮了再接着干活。

海上平台的设备维护，安全是个大问题，肖船长总能提前查勘，发现问题。有一次，他就发现了一个安全隐患：维护管理平台上的一个角上立着十几米高的竖杆，杆顶部悬吊着电机等设备，电机在海上经常被风吹得晃动，杆与电机连接处的螺丝容易松动。有一天，他从海上回来就跟肖辉说，那个螺丝松了，台风来了容易出问题，需要加固一下。肖辉马上找来技术人员上去看了一下，果然有问题，赶紧调整。在已经加固过一遍的情况下，经历一场台风后，那个电机还是差点儿被刮下来。如果这个隐患没发现的话，那后果不堪设想，整个电机就晃飞了，平台都能被砸坏。"就那样一个小螺丝，他都看得很细致啊。"肖辉说，他很佩服肖船长的细致劲儿。

"以前干的是捕鱼的活，现在干的是看护鱼的活，挺新鲜的。"肖船长经常对人说，他喜欢这份新型渔业的工作。看护海洋牧场的渔民平时月工资能拿到5000块左右，旅游旺季接待的游客多了，加上服务费用的提成，月工资能涨到10000多元，比起传统捕捞，这也算是一份旱涝保收的好工作。

第五节　风暴和荧光海

　　渔民是要看天吃饭的，出海干活要看潮涨潮落，这是自然规律。比如说涨潮的时候水流湍急，这时就不方便施工，得赶着水流平稳的时候抢工。涨潮跟退潮之间会有一个转折点，这个转折点在特定的地点、特定的时间出现。如果这个时间正好赶到晚上，那么就得等到晚上干活；有时候是一早，那就得一早干活。

　　相比起早贪黑地赶潮水，海上的各种突发状况则是危险重重。肖辉双手放在背后，倚在驾驶室一角。常年漂在海上，这一熟悉的动作让他找到了讲述故事的状态，他的话匣子一下子打开了，笑容渐渐收敛，海上历险的场景在他暗下来的眼睛里浮现——

　　去年秋天，海上刮起七级大风，有一个平台的缆绳被风浪搅得缠在了一起，如果不及时处理，整个平台可能就要沉没。一个平台的造价上千万元，一旦损毁，将是一笔巨大的经济损失。

　　"怎么办？"通过平台上的监控，大家获悉这一险情，船员们围着肖辉等他拿主意，此刻出海去抢救平台是有很大风险的。

　　肖辉眉头紧锁，彼时暴雨像天漏了一个窟窿，水直接倾倒下来一样，站在雨里，雨点密集地砸在脸上，人都睁不开眼睛。树被狂风刮得乱晃，时不时有树枝断裂，瞬间就被吹到几米开外的地方。风卷起海上的浪，像嘶吼的野兽，呼啸而来。

"先把船准备好，等半小时后，风小一点儿就出海。"肖辉看了一眼手机上的天气预报。

卡准一个点，留给他们的时间并不多，肖辉和其他工作人员一起，冒着风雨开动了马达。雨点像石块一样哐哐砸在驾驶室的窗户上，风浪翻滚，自然之力汹涌扑来，此时它定是把自己当作这海上的霸主了，仿佛宣示主权一般，未经允许涉足海面的船只会被它碾在脚底，停泊在港湾里的船则瑟瑟发抖，这时候如果有人敢挑战自然之力的权威，冲向大海的深处，那一定是可以被封上"勇士"的称号的。

剧烈的颠簸让人无法站直，需抓紧椅子把手或者船舱把手，才能勉强保持平衡，胃里的翻江倒海都成了顾不上的小麻烦。

"下锚！下锚！"肖辉扯着嗓子对着船长大声喊道。雨声、浪声把他的声音淹没，只能看见他的嘴巴上下张合。他伸出一个手指向下指，船长这才领会他的意思。

锚下好，船晃动得更加厉害，浪嘶吼着冲过来，足足有两米多高，像张开大嘴的野兽，要将这船一口吞下。

"腰上捆上安全绳！腰上捆上安全绳！"肖辉的嘶喊声依然被淹没在风浪里，只能看见他拧在一起的五官和摇摇晃晃的身体。他拿着安全绳将其环绕在腰部比画着，提醒大家一定要注意安全。

这一通抢救工作只能站在甲板上进行，风浪打在身上，棉衣都被淋透了，大家冻得直哆嗦。船上颠簸得厉害，浪打过来的时候需要抓紧船上的栏杆，船员们勒紧安全绳，把缆绳割断，一根根理顺，再重新系好大锚。

暴风雨夜的大浪里，没有人说话，即使用尽全身的力气，附在对方耳边喊，都听不到一点儿声音，那风浪嘶吼着，不允许你在它的领地里发出半点信号。被浇湿的衣服贴在身上，像冰块一样寒冷，躯体的动作已经不受控制，分不清是冻得发抖还是船太颠簸。大家只能盯着眼前的绳索，心里想快点将它理顺完，片刻也不敢抬头，都没有勇气用余光瞥向那无边的黑暗。那汹涌如野兽般的风浪，在人心里布下恐怖的天罗地网，让人根本无法直视。

我沉浸在暴雨夜历险的惊心动魄中，还没回过神来，没发觉肖辉的眼神已渐渐从远方"抽离"回来。"海上更多的时候，是孤独，尤其是在晚上。"他说道。

"你有一整夜都在看月亮吗？"他突然问了我一个奇怪的问题。

"看一整夜？那岂不是很美……"我一时没有领会他的意思，以为他要描述一个美丽的画面。

"那种感觉太孤独了。"他继续喃喃自语。

海上平台需要 24 小时有人值守，值守船就停泊在平台旁边，值班人员两天一轮换。"去年八月十五，我给常年值班的船员放了个假，我说今晚我值班吧，你们回去好好过节。"跟随肖辉的回忆，我与他一同回到了那个孤寂的夜晚——

以前在海上忙忙碌碌，肖辉从来没有那么仔细地看过海上的月亮。它就悬挂在视线中离海不远的半空里，周围没有一丝云，明净极了，让人担心它会突然掉下来。

它在水面上投下一径光路，那个光朦胧又柔美，连带着看月亮时都产生了错觉，好像沿着这条光径一直走，就会到月亮上去。

为了避免犯困，肖辉不断活动头颈，先仰头看一眼天上的月亮，再低头看一眼水上浮着的月亮，看完了水中的月亮，再抬头看天上的月亮。一会儿觉得天上的月亮更亮，一会儿又觉得海里的月亮更明净；一会觉得天上的月亮大，一会儿又觉得海里的月亮大。后来起了一阵风，天上的月亮还是老样子，可是水中的月亮却起了皱纹，好像月亮瞬间老了。

有一群亮晶晶的飞鱼从远处跳跃着奔来，渐渐向海里的月亮靠近，一瞬间，水中的月亮就被它们拨弄得破碎了，海面上荡漾着金黄的月亮残片，看着很是心疼。闯了祸的鱼儿们也不停留察看，继续跳跃着往前走，溅起层层水花，那水花在银白色的月光映衬下呈现着幽蓝的色调。

"还有荧光海，你见过吗？"肖辉把头转向我这边，一侧的眉毛扬起，显出很神秘的样子。

"没见过，快说说。"看他聊兴正酣，我也饶有兴趣，能听到这么多来自大海深处的故事，我就像发现新大陆一样兴奋。

"我看到的荧光海不是亮蓝色，而是金灿灿、火亮亮的。"有一次在斋堂岛附近，肖辉看到过荧光海，描述那情景时他的眼睛闪着光，"我站在海滩上，撩起海水时，就像捧着一把火苗，金黄透亮的火焰和火珠子四处飞溅。我的手臂和双腿如通电的荧光棒，轮廓清晰，金光灿耀。随手一划海水，就会显现璀璨灼目的'闪电'，仿佛那里荡漾的不是波涛，而是潜伏的火苗。我每走一步，双脚就带起成簇成片的火焰，好似坠入神话中的璀璨星河。那种魔幻的美，斋堂岛人却习以为常，称之为'海火'。'火'字，用得实属妥帖形象。"

我完全陷进了肖辉描述的场景里，那片海太迷人了，像一个黑洞，具有吞噬万物的魔力，仿佛走进那片荧光海的是我自己，而不是站在身边的他。那样荧荧梦幻的海面，不远处一定有人鱼公主和巍峨城堡吧。

第六节　大海是个聚宝盆

在肖辉管理的海洋牧场上，有一个平台是与黄海研究所联合开发的。平台上是一个球形建筑，里面存放着一些科研仪器：藻类的培养皿、大的培养箱等。肖辉大学学的是水产养殖专业，对接这些科研项目，他得心应手。有时候黄海水产研究所的专家不方便过来，肖辉就会帮他们在海上做一些实验。去年专家们基于此地研究的"气候变化下藻类的演变"等课题，在科研领域也取得了突破，国际著名期刊《全球变化生物学》发表了这一最新研究成果。

来海洋牧场工作后，肖辉还考了船舶驾驶证、游艇驾驶证和潜水证，用他自己的话说："海上的证，都整齐活了。"

天气好的时候，肖辉会潜水到海底，那些人工鱼礁里慢慢住进来的新邻居让他很是欣喜。海底水流稳定，住的是基本不游动的扁平类鱼种，上层水流变化多，住的是季节性的鱼。

我曾经看到过肖辉在水下拍摄的视频，那是一个海底精灵们的世界：有的鱼是热情的"社牛"，一见到你，会马上游出来，围着你的摄像头转圈研究，像个好奇宝宝；有的鱼是害羞的"社恐"，一见人就藏进洞穴里，再也不见了踪影。

"自从沿海一带整治，拆除养殖池子后，水变清了，海洋生物的种类多了。"从一个潜水者的视角看，肖辉很明显地感觉到海洋的变化。他有时候还会看到那种色彩鲜艳的斑纹小鱼，它们来自热带，在这里安家，摇头晃尾地钻进钻出。尤其到了每年五月份，成群结队的江豚在海面上扎起一个个猛子，追着鱼群"赛跑"。

肖辉喜欢养鱼，在自己家的客厅里，他搭建了一个大鱼缸，曾经尝试做一个"微缩型海洋牧场生态系统"——底层铺上沙子，然后放上几层岩石，养上藻类、虾和鱼，但是以失败告终。

海藻、鱼虾生长都有各自的温度需求，很难兼顾每种生物的生长要求。在自然海底就不一样了，气温低时，海藻生长，鱼群就游去了温度高的深海，这是鱼缸无法模拟的自然条件。总结"微缩型海洋牧场生态系统"的失败，肖辉意识到，如果自然环境被破坏了，人力模拟的场景是无法还原自然环境的，这是自然资源的珍贵之处。

同时，他也发现自己这份起早贪黑的工作非常有意义。国家为什么大力提倡建设海洋牧场？就是因为海洋牧场是一个以生态修复、生态保护为方向的项目。

"前几年我们刚开始建海洋牧场的时候，斋堂岛附近的海域就两三家海洋牧场，近几年，不断有新的海洋牧场出现，而且都是国家级大型的海洋牧场。"肖辉的目光延伸到远方的海面。

"现在常把海洋牧场比喻成蓝色粮仓或生态银行。"来这里采访之前，我是做过功课的。

"我们要好好地修复海洋生态，好让这个银行里有更多的存款。"肖辉打趣地回应。

采访接近尾声，我们一行人开始从海中央返航。

路上肖辉又提及一个有趣的话题："我们公司还有一项特殊养殖业务——海马养殖，你知道吗？"

"看过一些报道，你们公司的创始人辛茂盛是这个领域的专家。"我回答。

"海马怎么养？和养鱼、养虾一样，把它们放在池子里，定时投喂饲料？"我问了一串问题后，肖辉一下子愣住了，不知道该从哪个问题开始回答。没有亲眼看到，我很难想象海马在养殖池里生活的场景。

"海马生长在深海，不喜光，喜安静，对声音和光照非常敏感。海马产子一般都是在凌晨两三点钟。"听到肖辉讲到这里，我忍不住插了一句话："那要是给海马接生，岂不是要熬大夜了？"

肖辉收敛了笑容，若有所思："难养着呢。开始我们从国外千辛万苦引进的海马苗种，经常养着养着突然死了，研究工作就要从头开始。"

海马是一种稀有名贵的海洋动物药材，药用价值很高，素有"南方人参"之称。我国已将海马列为二级保护动物，现已不可能从大海捕捞天然海马，人工养殖成了满足市场需求的唯一渠道。

"海洋药物非常独特，具有一定的不可替代性。"每讲到一个海洋物种，肖辉便习惯性穿插理论知识，这时他眼睛里那种坚毅而睿智的光会使得你从一堆黝黑皮肤的渔民中将他分辨出来，"为了适应深海环境，深海生物进化出了独特的基因，能够产生结构奇特、活性多样的药物化合物库。我们对海洋药物的开发还远远不够，蓝色药材是非常有前景的。"

肖辉的话并非夸大，他所在的公司在滨州建设的海马养殖基地已经投产，现在基本能实现年产海马300万尾，项目完全建成后年产海马能稳定在800~1000万尾，后续加工产品产值预计在5亿元左右。

谈话中，透过驾驶室的玻璃窗已能看见琅琊港码头，天色已近黄昏。暮色中的海水宁静幽暗，西斜的太阳在这暗色的水面上洒下一些耀眼的、粉末般的光点。来往的渔船漂在海上，荡起的涟漪更使那浮动的波光闪烁无尽。

比这渔歌唱晚图更生动的是往来的渔民，不管是传统的捕捞渔女王鑫雨，还是在海洋牧场从一砖一瓦开始重构健康海洋环境、耕海牧洋的肖辉，他们以船为车，以楫为马，在汪洋的蓝色大海粮仓里唱响一曲渔歌新旋律，那是壮美音乐的最初和声。

第五章 负碳海岛

渔港与海岛总是相依相偎，与长夜和巨浪在一起。

距离琅琊港十几海里，灵山岛像黄海中熠熠生辉的青绿翡翠，那光亮穿透云天，更添一缕神秘变幻的色彩。海岛上连绵的山峰自成沟壑，拥翠的身影着墨在海天深处……

第一节　最美日落

　　一间空旷的民房里，传出叮叮当当的声音。透过窗子向里望去，陈一文和妈妈正蹲在地上，整理散落的钉子。"妈，你看一下，钉子是不是不太够？"隔壁的房间里，工人师傅们的气枪"噗噗"地一下一下敲击着墙壁。

　　"嗯，买少了，等明天坐船出去买点儿。"陈一文的妈妈站起来，用力眨了几下眼睛，因为衣袖尽是污渍，她抬起胳膊时只揉了揉眉头位置，以缓解眼睛的不适，最近家里民宿扩建，赶工期，她连续几天没休息好。

　　2021年农历腊月二十四，临近春节，为赶工期，陈一文家的装修还在紧张地进行。装修从11月份开始，两个月过去了，工程还差大半。装修好后的建筑将是一座崭新的民宿，上下两层，二楼是九间住宿的客房，一楼是几个用来招待客人吃饭的大房间。搭建这栋两层建筑花了一百多万元，装修花了二三十万元。

　　陈一文妈妈脖子上围着一条扎眼的绿围巾，围巾的结不知什么时候转到了肩膀的一侧，她转动围巾，把结扭到胸前。一件宽大的围裙将她罩起来，围裙的肩带快落到肩膀下面了，她紧了一下肩带，顺便拿围裙擦了擦手，从大口袋里掏出一个账本，哗哗地翻动起来，上面潦草的字迹排成行。岛上房子装修的成本是外面的三倍。工人师傅是从海岛外请来的，搭建期间，他们吃住都在岛上，陈一文妈妈反复计算着成本。

陈一文起身，拍拍身上的尘土。她身穿一件深蓝色的羽绒服，脚上穿一双黑色的马丁靴。羽绒服拉链两侧翻出蓝色格子的衬里，背后有白色的品牌英文字母，一字排开，是年轻人喜欢的样式。羽绒服上零星地沾着一些污渍，淹没在这些张扬的时尚元素里，不仔细看倒也看不出来。陈一文头上戴着一个宽边的红色发卡，头发向后扎成一个松松的低马尾。她扶了一下黑色的宽边眼镜，拍拍妈妈的肩膀说："放心，外来的民宿都能干得那么好，我也要超过他们。"

疫情前岛上每年接待游客能达十万人次，海岛上散落的民宿多是由渔民家的民宅改造而成的，一个房间支个大圆桌就是餐厅，两三间房子一收拾就是客人住宿的地方，民宿已然成为当地岛民除了捕鱼以外的第二大收入来源。

游客多了，各类投资者争相登岛投资，陈一文口中所说的"外来的民宿"指的是一家叫初心的专业民宿，对比岛民们用民宅改造的本土民宿，专业民宿更有服务理念，揽客能力更强。目前灵山岛已建成一百多家特色民宿，它们依山傍海而建，堪比世外桃源。

2001 年出生的陈一文刚刚大学毕业，她学的是旅游专业，这几年旅游业不景气，她便回到这个熟悉的小海岛创业。

其实，让陈一文有底气在家乡创业的是灵山岛越来越响亮的绿色招牌。

2021 年初，灵山岛保护区收到了一份绿色证书，证书数据显示：2020 年灵山岛上因为能源消耗、农业活动与废弃物处理等过程产生 5668 吨二氧化碳当量，因森林碳汇产生的温室气体清除量为 7001 吨二氧化碳当量。由此可得出灵山岛所产生的二氧化碳当量为 −1333 吨。这份证书赫然宣布了一个好消息：青岛西海岸新区灵山岛省级自然保护区碳排放核算结果获得中国质量认证中心（CQC）认证。

"全国首个负碳海岛，那以后来岛的游客还不得越来越多啊。"陈一文每天做梦都在琢磨着一些新玩法，能把书本上的理论放进现实，这就像小时候搭的玩具积木要变成现实中的高楼大厦一样神奇。

春末夏初是海岛最美的季节，山上的火炬树开满火红的花，碧绿的青草覆盖着灰色的泥土，好像整个山坡都是由鲜花和青草堆砌而成的。正午时分，太阳暖烘烘地照着，晒得火红的花更娇艳了，花的香味更浓了。春风带着这种甜蜜的香味飘往海岛的四面八方，要让闻到的每个人都知道，这是多么美好的季节。

陈一文的家占据海岛的有利位置，父母把家里的房子拿出来做民宿生意已经很多年了。回到海岛创业的陈一文把家里的民宿做了一些符合现代审美的调整，用涂了柏油漆的木条订满房间，让木屋看上去更有与自然融为一体的感觉。房间里白色的大床旁边摆着白色的摇椅，临窗而坐，就可以聆听海浪在窗外起伏的声音。躺在床上，涛声是催眠曲，丝柔的床褥仿佛是绵延的海水，轻轻晃动着夜晚斑斓的梦境；坐在摇椅上，涛声和翻书声交叠，读书的氛围一下子溢满。

坐在摇椅上眺望一下海面上渐次起飞的海鸟，渔船在窗前驶过，渔民张开一张张网，惊起一群银亮的鱼。到这样的民宿住几晚，算得上是远离都市生活的绝佳放松方式。

此时正值冬季，是海岛旅游的淡季，正好有时间歇业装修。陈一文现在经营的民宿有五间房，道路对面正在装修的是哥哥的民宅，有九间房，两个民宿加起来算得上是岛上规模比较大的民宿了。陈一文给民宿起名叫"阿文小栈"，自己创业做民宿，陈一文的同龄人听说后，都觉得"这事干得很酷"。

海岛上生活的大多数是像陈一文父母这样五六十岁的人，在村民们眼里，大学生回岛上创业，也算得上是一桩稀罕事。

陈一文一早就意识到父辈们经营民宿的理念有些落后，服务这方面差点意思。比如客人冬天入住后，陈一文会主动送上一壶热水，夏天递上清凉的矿泉水，母亲则是把人领进去就算完事了。陈一文还会在网站上发一些民宿的宣传文案来揽客，而老一辈人开民宿，客源靠的多是口口相传。

在年轻人聚集的社交平台上，关于这座小岛客栈的评论区里，写满天南地北网友们对小而精民宿的喜爱："小露台看日落真的绝了，听着海浪声吃饭、入睡，相当解压。老板小姐姐也很好，可以安排炒菜和电动车。""靠海，看日落最佳打卡地，家的样子，很舒适。"

　　甚至还有很多年轻人为它写下浪漫的诗，赞美它自带海风气息的独特气质："渔火三两别无事，我在等风也在等你。在这里，你可以枕着海浪寻找诗和远方，也可以走下台阶踏浪而去。我与来自天南海北的人儿，共饮一杯。好巧，遇见小岛前，先遇到你。"

第二节 海市蜃楼

每当有客人来住宿，陈一文都会带他们在岛上转转，做免费的导游，讲讲海岛的人文地理。

两个月前的十一长假，她刚刚接待了来自郑州的几对小情侣，带着结伴而来的他们漫山遍野地走了一遍，不用特别做功课，那些奇山怪石就像印在她脑子里的书一样，随便翻到哪一页，她都可以滔滔不绝地讲出来，连她自己都很佩服这好使的脑瓜子。

"灵山岛，也叫水灵山岛。水灵山岛的名称和岛上的背来石有关。据传，背来石是东海龙宫的女儿水灵姑娘从东海龙宫背来的千年灵石，此石很有灵性，有缘之人遇到，可在此石中悟到自己的未来。人们为了纪念水灵姑娘的这一善举就将此岛称作水灵山岛。"做导游时，她总是习惯以这个神话故事开篇。

爬山的路有些陡峭，陈一文要顾及脚下的坑洼，大口喘息让说话有点断断续续，但不妨碍她介绍这个美丽传说。

的确，位于黄海海域的灵山岛山清水秀，林木覆盖率70%以上，宛如一块硕大的碧玉浮于海面，青翠欲滴，"灵岛浮翠"美名早已流传，为古胶州八景之一。乾隆年间的《胶州志》记载，当时的灵山岛"其色四时常青，葱翠如滴，时与波光相乱"。

清代周于智素喜山水，曾赋诗咏之："山色波光辨不真，中流岛屿望嶙峭。蓬莱方丈应相接，好向居人一问津。"20 世纪 30 年代，作家萧军曾游此岛，写有《水灵山岛》。

"常住在海岛上，能不能看到什么不常见的奇观？"爬山一行中有一个女孩问陈一文。

"海市蜃楼算不算？"陈一文回答。

"哇，真的能看到海市蜃楼吗？"

"这个好！快讲讲！快讲讲！"

众人没想到陈一文竟然抛出了这么有意思的话题，顿觉爬山的腿脚更有劲了。

陈一文也没想到，"海市蜃楼"这几个字这么有吸引力，竟然惹得一阵尖叫。她在海岛长大，有雾的时候，十天半个月都被困在岛上，以前只觉得是件烦心事。

陈一文记得有一年夏天，海上雾气涌起，一座"古建筑"在云层里若隐若现，犹如空中楼阁，飞檐斗拱尽展错综之美，就像从时空隧道里穿越而来的。

就当众人沉浸在虚幻的蜃景中时，不知不觉已来到山顶，陈一文抬头看到了不远处的古城墙："看，我们到烽火台了。"

据《胶州志》记载，以前这里经常受到海盗的侵袭，后来人们就在此修建了一座烽火台，当发现海盗入侵时就在烽火台上点起狼烟，告知岛民，如来敌较少则群起抗击，如来敌较多就藏入岛内的天然洞穴内，以防其害。

"欲知万骑还千骑，只看三烟与两烟。不用赤囊来塞下，可须羽檄报军前……"一行人中有一个小伙子是中文系毕业的，他吟起了宋朝诗人马之纯的《烽火台》。

"你可真行，诗词张口就来呢。"众人一边嬉笑着，一边在烽火台旁边留影。

"没想到这样一个小海岛，有古迹，有传说，我们真是来对了。"一个女孩对陈一文说。

"灵山岛刚被评为全国首个负碳海岛呢，古迹、植被都被保护得很好。"看到自己成长的家园这么受欢迎，陈一文骄傲地搬出了灵山岛的金字招牌。

站在山顶上，海风迎面而来，像轻柔的手指撩动头发。闭上眼睛，身心瞬时与大自然融为一体。睁开眼睛，那无际的大海像晶莹的碧玉，光晕将人的整个心灵包裹。要问那海水为什么那么蓝，一定是它怀抱着蓝天的缘故。

陈一文指着南端的一处山崖："你们看那座山像什么？"

"好像一只动物……"有人走近两步，眯着眼睛端详。

"我好像看到了一个大脑袋……"有人左歪一下脖子，右歪一下脖子，从不同的角度观察。

"像不像老虎？"陈一文揭晓答案。

"还真挺像的，前面是个大脑袋，后面是圆鼓鼓的身体。"大家恍然大悟，顿觉这座山有了威武之气。

关于老虎嘴的由来，陈一文从小就听老人讲过。传说徐福出海归来，船队自东向西返航，远远地看到大海中有一只巨大的老虎趴在海面上。老虎的嘴里有一颗金光闪闪的丹药，徐福认定，那就是传说中的长生不老药。但是当船队驶近了一看，才发现这是一个天然奇观，每当太阳快要落山的时候，从东面的海上看，整个海岛就像是一只巨大的老虎，而太阳就像是被老虎叼在嘴里的仙丹。徐福知道这个岛为灵山岛时，就认定此岛必定有仙丹了，于是让其手下的一个使者在此留守，寻找仙丹，这个望虎亭就是当时的使者驻守的地方。

灵山岛上共有山峰五十六座，群峰高耸，陡峭难攀，地势南高北低，南多陡坡，北多断崖，东西两面多梯田。主峰歪头顶海拔五百多米，耸峙南部；次峰望海楼四百多米，雄踞西部；北有象鼻山二百多米。三峰拱起成脊。一座山峰就是一个艺术形象，每个山峰都有一个传说。

从灵山岛码头看对面山峰，该山像一头遮天蔽日的大象，这就是象鼻山，它的脸、长长的鼻子都活灵活现地展现在人们面前。南有一座座翠绿的山峰，极像一棵棵扎根大海的巨笋，那棵直蹿到云雾里的"大笋"，是岛上的最高峰歪头顶。就在歪头顶前面，有一块兀立的巨石，那是一尊半身人像。再往南走，是被称为"石秀才"的山头。石秀才前面还有数峰临海而立，或如人在交谈，或如仙人对弈，或如兽望崖惊立，或如蛙对天鼓唱。

在海岛的东面，有一角仿佛从陆地断裂，山崖好像是被刀削过一样，被称为"试刀石"。相传有一年海盗入侵灵山岛，岛上一位渔家好汉率众乡亲来到海边，他为了试试刀锋，挥刀削去这个山角，海盗吓得抱头鼠窜。后来，人们就叫这块被削下的山角为"试刀石"。

海岛东北端有一道陡峭的崖壁，高数十米，叫"千层崖"。很久之前，这里有高山的岩体深入海中，经千百万年大海狂涛细浪的撞击，深入水中的部分就断碎成海里的礁石，海岸就出现了这道壮观的海蚀崖壁。

每年6月是灵山岛最热闹的时候，岛上的火炬树开着火红的花，就像熊熊燃烧的火炬。看成片的火炬树林，层层碧绿中，无数支火炬花冲天怒放，形成灵山岛生态美中一道耀眼的风景。很多游客慕名而来赏花，岛上的民宿如果不是提前两三天预约，都订不上房间。

一到旺季，陈一文的民宿生意就非常火爆，一天就有一万多元的收入。

第三节　赛条鱼

从山顶下来已过半晌，陈一文带着"游历小队"返回民宿，把客人们安顿好，她一屁股瘫坐在沙发上，对着妈妈撒娇："妈，快给我倒杯水，解说员口干舌燥呢。"她揉了揉腿肚，把鞋子和袜子脱下，这时才发现一只脚的后跟磨出了一个亮晶晶的水泡。

看到妈妈端一杯水走过来，她赶紧把鞋穿好，坐直身子。"可不能让妈妈看见了，要不她又好大惊小怪了。"她在心里暗暗嘀咕。

和其他"飞"出海岛的年轻人不一样，陈一文的血液里刻着海岛基因，她像一只海鸟，不管飞到多远，总想要回到最初的栖息地。有时候同学来了，她会坐船出去玩几天，但是在外面住个三四天她就想家了，就想回到岛上。

陈一文还记得自己小时候经常跟着爸爸去海上下笼子，那时家里养了二十几箱鱼，别的小孩都不愿跟着大人出海，她却每次都吵着要跟着爸爸出去。有一次，爸爸下笼子的时候，鱼竿掉海面上了，瞬间被水流冲出几十米。她一个猛子扎下去，挥动手臂奋力拍水，那浪花被她拍得哗啦啦直响，只见她的脑袋一会儿露出水面，一会儿潜入水下，她冲向那漂走的鱼竿，全然不顾爸爸在身后着急地大喊："快回来！快回来！"

直到游出百十米，一只手触到鱼竿，她将其紧紧握在手里，一个鲤鱼打挺，露出整个脑袋大喊："抓到了！"随即转身向渔船方向返回，手臂依然搅动起一阵浪花。那一刻她仿佛就是一条畅游的大鱼，大海就是她的家。

"这孩子，真大胆，下次可不敢一猛子扎进海里了。"爸爸一把拽起游回渔船的她，把身上的外套披在她湿淋淋的身上，在海边长大的爸爸都要佩服她的勇气："这孩子真是赛条鱼！"

冬天生意不忙的时候，陈一文经常抱着猫儿站上露台，这只猫是她从岛外带来的，有一双漂亮的琥珀色眼睛，周身是丝缎般的绒毛，陈一文给它起名叫"佩奇"，希望它长得像动画片里的小猪佩奇一样胖、一样圆润。

站在露台上，可以欣赏一天中最美的落日。落日将云染成红彤彤的，一眨眼，层层相叠的云竟幻化成朵朵耀眼的玫瑰，在天空中游移。那红彤彤像倾倒下来的染料，山、海、渔船都被晕染成一样的红彤彤。落日从晚霞中探出小小的脑袋来，像久久不肯离去的游人，洒下缕缕金光，做最后的告别。

转眼间，西天的最后一抹晚霞融进渐渐暗下去的暮色之中，四周的群山呈现出青黛色的轮廓，暮色渐浓，大地一片混沌。这时候远眺进岛的路，可见新的能源路灯刚更换完毕，太阳能和风能发电的路灯在小路上一字排开，在海面上亮起一闪一闪的光。

第四节 一个契机

2021 年正月前后，通往灵山岛的客船经常满员，出岛置办年货的，在外工作回岛过年的，出门走亲戚的，大家带着自己的行李，把客船塞得满满当当。甲板的一个角落里堆满成袋的大米和面粉，退耕还林后，由政府出资补贴粮食，岛上居民每人每月领 18 斤粮食。

李景哲坐在船的第一排。灵山岛离最近的陆地约 10 公里，40 分钟的海路，偶有颠簸。他有些晕船，头像灌了铅一样沉甸甸，脚下则像踩了云朵一样轻飘飘，耳边一直回响着"嗡嗡嗡"的声音。他时不时要起身，靠在舱门处，透过门缝呼吸两口新鲜空气，调整一下状态。

一年来，作为灵山岛保护区的挂职干部、专家顾问，青岛科技大学机电工程学院副教授李景哲一直在推动灵山岛"双碳"研究，他自己都记不清登岛多少次了。

印象最深的是 2020 年第一次到岛上，晚上漆黑一片，公共区域几乎没有照明设施，原生态气息很是浓厚。城市里司空见惯的路灯却是村里的"稀缺品"。这一幕让"80 后"的他感到不可思议，毕竟没有路灯的村落好像与新时代相隔甚远，似乎应该只存在于记忆深处，小时候他在农村老家见过类似的场景，或者再长大一些在电影里见过。

灵山岛是西海岸新区目前唯一的省级自然保护区，总面积为 32.832 平方千米，海岛面积为 7.66 平方千米，海拔高度为 513.6 米，是青岛市最大的海岛，也是我国北方第一高岛。灵山岛上有 12 个自然村、3 个行政村，共计 807 户、2400 余名居民。这儿远离城市喧嚣，像个世外桃源。

"这里区域封闭，边界清晰，人员流动率高，碳排放要素等相对完整，非常适合做负碳区域试验田。"凭着对专业的敏感性，一个计划在李景哲心里默默成型：自己所在的青岛科技大学机电工程学院院长何燕是能源专家，同事董雅红教授是应对气候变化战略研究与碳市场能力建设方面的专家，早期参与过很多专业领域课题研究，这样的科研专业团队正好可以为灵山岛的减碳发展提供科研技术保障。

当他把这个想法试探着和灵山岛保护区党工委、管委负责人姜霞交流时，没想到姜霞拍着大腿叫好："太好了，李教授！减碳、低碳什么的专业术语我们不懂，但是绿水青山就是金山银山，这个道理我们懂，我们一直都很重视保护这片绿色家园。"

"李教授，你说怎么办就怎么办！"在灵山岛保护区一次内部会议上，李景哲的提议得到了大家几乎全票的鼎力支持。令他更加没想到的是，这个提案迅速被上报到青岛西海岸新区，并再次得到肯定和支持。

2021 年 5 月，在李景哲的牵线下，青岛科技大学应对气候变化战略研究和碳市场能力建设青岛中心与灵山岛省级自然保护区对接，就开展灵山岛省级自然保护区碳达峰、碳中和行动方案研究项目正式达成合作协议。根据国家"双碳"工作部署，启动了碳达峰、碳中和行动方案研究，梳理全区碳排放方式，探索减碳路径，灵山岛省级自然保护区这块"试验田"的减碳之路正式开启。

核查期两个月，李景哲全程参与每次基础数据的考察。研究团队摸排了 165 家渔家乐、290 辆燃油车、193 艘渔船和 2000 多名居民、7.3 万名游客生产生活全过程的碳排放情况及森林碳汇产生的温室气体清除情况。收集完基础数据后，研究团队会"化点为线"进行归纳：一方面是碳排放，一方面是碳吸收。

书写一个数字是简单的横竖撇捺，但涉及老百姓的吃穿住行，要从根本上改变岛民几十年的生活生产方式，甚至会影响部分老百姓的"饭碗"，就复杂多了。回想起海岛减碳之路刚开始的日子，李景哲记得那时候天天愁眉不展，额头上能拧出麻花来。

他的担忧并非多余。灵山岛有 2400 余名居民，其中山羊养殖户 28户，山羊是他们家庭收入的重要来源。烧煤取暖、用液化气做饭、开燃油车更是岛民延续几十年的生活习惯。而这些，都与"负碳"有直接联系。

深入调研后，区政府下定决心在全岛进行改革：实施煤改电工程，控制燃油车增量，动态清理存量，在岛内进行山羊清理，继续退耕还林。

"养了二十多年羊，不养羊吃啥？"养羊户抵触情绪强烈。

"山路上上下下，新能源车爬坡能行吗？"经营观光车生意的岛民对控制燃油车增量一肚子疑虑。

"烧了一辈子煤，用电能暖和吗？"很多岛民报名"煤改电"项目后又打退堂鼓了……

怀疑、不解甚至是反对，每次登岛调研时，围在李景哲身边的议论声不绝。就像晕船时的耳鸣声，这些议论经常在夜里变成焦虑的梦魇，扰醒睡梦。前路漫漫，没有案例可以参考，这条减碳之路道阻且长。

第五节　夜晚的太阳

一阵汽笛声长鸣，把李景哲拉回现实中——船靠岸了。

等待下船的岛民们在甲板上排起长队，他们井然有序地依次跨过船舷与码头之间的缝隙，波浪摇动渡船，那缝隙也变得时宽时窄。陆续通过的村民们相互帮忙，先上岸的接过后上岸的人递过来的行李，有的人行李沉，接过去的那人胳膊被一下子压低，邻近的人不管是岸上的还是船上的，都会迅速搭把手，将行李平稳托举上岸。

李景哲一踏上岸，就赶紧靠在一旁的栏杆上，给后面下船的人让出通道。此刻他还没法正常行动，两条腿软绵绵的，天旋地转一般，需要靠在栏杆上停留片刻，缓解一下晕船的不适。

"李教授，又上岛了。"听见有人喊他，李景哲转身，发现说话的人是李家村村民李殿和，李景哲眼睛一亮。"正好要找你呢，你这是要出岛吗？"李景哲问道。待岛民们卸完行李，渡船会载着出岛的村民返回大陆岸边，一天往返一趟，渡船是连接海岛与大陆的主要交通工具。

"我让邻居从外面给我捎了点大米和面粉，我过来接一下。"李殿和回答。

"那正好，我要去你们村开个会，会后正想去你家调研一下，你不是刚安装了煤改电取暖装置吗？想看看你们村改装后的使用情况。"李景哲说明来意。

"好，我带你去。"李殿和在码头上向给自己带粮食的邻居简短地道完谢后，扛着几袋大米和面粉就往家走。

"我帮你拎袋面粉。"李殿和肩上扛的，手上拎的，压弯了他的腰，从眩晕中恢复过来的李景哲从他手上接过一袋大米。

两人并行的身影经过长长的码头，码头伸向大海的一端有一座灯塔，通往海岛的路上，新安装的太阳能路灯整齐地排在码头两侧。

"这个太阳能灯可亮堂了，不用担心晚上看不见道了，真好！"路过一个崭新的路灯杆，双手被粮食袋子占用的李殿和把头侧向路灯，示意李景哲看向这边。

作为土生土长的岛民，在李殿和的记忆里，以前村庄内部的道路是没有路灯的，零星的几盏路灯只分布在村和村之间的大路上。岛上的路不平整，都是有坡度的，晚上出门走路非常不方便。当时安路灯的时候，村子之间还起了争执。这村安了，那村还攀比：怎么不给我们村安？去年李殿和所在的整个李家村安了42盏路灯，村民们都乐坏了："正月里晚上也可以串门拜年了。"

两人边走边聊，穿过码头拐过几条小路，不知不觉已来到李家村村委大院。一进大院就看到平整光洁的光伏板排成一片。"这光伏一年能发多少电？"李景哲好奇地问道。

"这一片总共 300 平方米左右，一年约发电 9 万千瓦·时，直接接入电网供咱村民使用。"李殿和平日里在李家村村委工作，这些数据他还是了解的，"吸收阳光就能发电，每年为我们节省了不少电费呢。"

正说着，俩人已经走进了村委的会议室。李景哲此次登岛是为了与各村领导班子一起探讨下一步低碳海岛的建设细则。落座后他把一支圆珠笔捏在食指和拇指之间，来回捻搓。对面是晶亮亮的玻璃窗，从室内看向玻璃窗，顿觉光线刺眼。他摘下眼镜，从口袋里掏出一块眼镜布，擦了擦镜片。

有村委成员开门见山地想为自己所在的村争取基础建设："现在的路灯

还是少了，要是能再多安一些就好了。"

"海岛上风很大，风能也是可以利用的自然资源，如果后期能有更多太阳能和风能发电设备，我们的用电会更加节约，更加环保。"多年生活在海岛，用电资源比较紧张，大家对环保能源的认可也是出奇一致。

"建设光伏发电设施的费用是笔不小的开支啊，我们李家村当时建设用的资金是安置外地库区移民的扶持资金，往后建设这些基础公共设施，还是需要争取一定的扶持资金，以帮助海岛建设更多的太阳能和风能发电设施。"李殿和代表李家村发言。虽然去年一年他们村安装的太阳能路灯最多，但是对比城市里的照明条件，海岛上的路灯还远远不能满足村民们的需要。

听到各村村委代表的发言，李景哲把手里的圆珠笔放回到桌子上，整个后背舒展地靠向身后的椅背，心里松了一口气。从刚才大家争抢太阳能路灯的话头里，他能听出些弦外音：村民们对环保的概念并不排斥。

低头翻阅着手机里的报告，当看到"煤改电"一行字时，他眉头又紧皱起来。碳核算要看碳排放源、碳吸收汇、减排项目。碳吸收与森林面积有关，减排项目主要涉及光伏发电，最难控制的是碳排放。他心里暗想：碳排放能不能达标，就看煤改电推进情况了。

"成为'负碳海岛'可不是件容易事儿，一步一步来吧。"他双臂抱在胸前，望向墙上的钟表。此时已临近中午，阳光斜铺下来，照在会议室的玻璃窗上。

第六节　大扫除

　　会议开到中午才散，李景哲从座椅上起身，双手扶住会议桌，弯腰探过人群，对隔坐着的李殿和说："李大哥，能去你家看看吗？我去调研一下。"

　　"行，没问题。"李殿和痛快地应下来。

　　岛上居民供暖过去都是靠烧煤，煤运输困难不说，碳排放量也大。推行实施煤改电项目半年来，全岛有三分之一的居民都用上了电取暖器。当时，在征集第一批煤改电用户现场，李殿和双脚迈出人群，第一个举手加入，他憨憨地笑着说："党员带头推行低碳，咱得做表率嘛。"

　　岛上路窄，有些路只容一人通过，李景哲和李殿和一前一后走着，拐过几个路口，来到家门口。

　　"媳妇，李教授来了。"一只脚才刚踏进院门，李殿和就冲屋里吆喝了一声。

　　跟在李殿和身后，李景哲左右打量着这个小院，自己被散发着清香的翠绿植物簇拥着，高个的是发财树和长寿花，矮个的是一字摆放的多肉植物，草木欣欣向荣。

　　俩人推门进屋，发现屋里有邻居来串门，媳妇滕彦芳只顾和来人说话，没听见李殿和的喊声。

　　"嫂子好，我今天主要是来问问家里煤改电后，你们觉得这些设备好用不。"李景哲笑着和滕彦芳打招呼。

"挺好用的，这不，我正在给大婶演示这个机器怎么用呢。"滕彦芳话音刚落，身旁坐着的老人也连忙起身打招呼："我今天就是来打听打听这机器好用不，我也想安一台。"

进入冬季以来，滕彦芳经常在邻居家走动。岛上冬季取暖历来靠火炕，如今村里集中更换了一批电暖气，很多老人不会使用遥控器，作为最早安装的用户，滕彦芳经常上门去教老人使用遥控器。

"你们继续聊，我正好也听听。"李景哲凑近电暖气，看滕彦芳的手指在遥控器上的按钮之间跳来跳去。

电暖气挂在室内，样子有点像空调，打开开关里面会吹出暖风，遥控器上还可以显示温度。"多用几遍就熟了。"滕彦芳把电暖气关了开，开了关，演示了好几遍，直到身边的邻居奶奶慢慢地能用手指准确戳中那些花花绿绿的塑料按键。

"比土炕干净，原来烧土炕家里全是灰。而且这个是瞬间热，打开开关就能取暖。"滕彦芳拍了拍老人的手，发现老人的手有点凉，便握在自己手里。

用电取暖温度能行吗？价格能接受吗？滕彦芳最初也有很多顾虑。那时她脑子里的问号可不少：烧煤一个冬天花 1000 多元，用电的话，电费岂不是噌噌往上蹿，谁舍得开？烧煤屋里温度能达到近 20 摄氏度，用电暖器可别把人给冻坏了啊。忽又转念一想：既然报名了就试试吧。滕彦芳脾气好，看到丈夫要带头，她也就应承下来。

"安装电暖气，政府是有补助的，这电暖器市场价是 4000 元左右，我们只出 480 元就行。这一用就尝到甜头了，屋里温度比烧煤高了五六摄氏度，电费一个月只需一两百元，还不用担心晚上睡觉煤烟中毒，取暖方式更安全。"滕彦芳把"安全"两个字音拖长。

听到这两个字，身边的老人眼睛一下子亮了："你别说，冬天窗户关得紧，炉子要是没弄好，你说我一个老太婆自己住家里，多吓人。"

"就是，你自己住，安全可是头等大事。"滕彦芳点点头。

"今年煤价涨了，煤改电会更好推。"李殿和从里屋出来，端了杯热茶递给李景哲，招呼着他隔着桌子对角坐下，用手指蘸了茶杯洒出的水，在桌子上比画了一个向上的箭头，"听说今年煤的价格有点贵，一吨煤要一千五六了，好多人家都说舍不得买了。"

"是啊，运进海岛来还有运费呢，每年孩子们还得张罗着找船把煤运过来，以后要是用上电暖气，孩子们就不用操这心了。"邻居奶奶接过话头说。

"烧煤那会儿，床上、桌子上一层灰。"滕彦芳用手抹了一下桌子，翻开手掌摊在面前，说，"看，现在多干净。"

她在岛上还经营一家理发店，年轻人都出去打工了，岛上的居民多是老年人，滕彦芳并不会捯饬什么时髦发型，只是简单地帮顾客把头发剪短，大家走进她的理发店，有时也为唠唠家常。

以前家里烧煤，从来没正儿八经打扫过房屋，自从用上煤改电后，滕彦芳有了干劲儿，赶在春节前，在理发店搞了一次大扫除，她绘声绘色地给此刻坐在屋里的人讲了自己前两天打扫的场景——

理发店不足十几平方米，一个小天窗开在靠近屋顶的地方，因为太高，窗户上的玻璃久未擦拭，蒙了一层雾蒙蒙的灰。滕彦芳找来几个结实的板凳，要踩着上去擦玻璃。往年家里烧炉子，灰多，今天扫了，明天又落灰了，所以不值得打扫。现在改用电暖设备了，屋里干净了，这点卫生死角哪能留？她抬起一只脚踩在板凳上，另一只脚跃跃欲试地要踩上来。

"使不得，使不得，你这些板凳摞得不稳当。"聚在理发店里的街坊邻居吓得直叫。

邻居们围着她纷纷出主意，讨论怎么才能够得着那块天窗玻璃，最后决定：下面先放一个有背的扶手椅，往上依次摞起两个木板凳，凳面宽一点的摞在扶手椅上，凳面窄一点的再往上摞一层。

在大家七手八脚的搀扶下，滕彦芳小心翼翼地爬上去，在离地面两三米的半空，她挥动抹布仔细擦。"噗，这陈年老灰真厚！"厚积的灰尘被抹布搅起，像雪花一样纷纷扬扬扑了她一脸。

站在下面扶椅子的邻居们仰着头，时刻注视着她站在上面的腿脚，还没等反应过来，也被落下来的灰尘扑了个正脸："噗，这陈年老灰真该打扫了……"

说到兴头上的滕彦芳像一个说书人，一会儿扮演当时的自己，战战兢兢站在高处；一会儿扮演邻居，小心翼翼扶住板凳摞成的梯子。李景哲被她逗笑了："嫂子，照您这么说，打扫卫生要是出点工伤，还得怪煤改电呢。"

李殿和站起来，走到客厅的窗户前，凑近了脑袋端详，用手指戳了一下玻璃："老婆，你不说，我还没发现，咱家这窗玻璃确实干净了，这儿就跟没有一样。得给你加鸡腿啊！"

屋里的人笑作一团，笑声把站在屋顶的喜鹊都惊飞了，翅膀直直地滑向远处。

第七节 告别羊倌

　　"证书来了！"2022 年 1 月 1 日，正在值班的西海岸新区灵山岛省级自然保护区科研服务中心一位负责人收到中国质量认证中心寄来的核查证书。拆开快递，她兴奋地直拍大腿，几步冲上楼梯，跑进办公室，一只手高高扬起证书，激动地大声喊道："证书来了！证书来了！"。

　　办公室里众人先是错愕，接着一人问："什么证书？你慢点说。"

　　"负碳！负碳……我们被评为全国首个负碳海岛！"报信的人喘了两口气，终于说到了重点。大家这才明白过来，坐在办公室一角的李景哲从椅子上跃起："快让我看看。"

　　没等到他冲上前，证书已被大家围拢，盖着钢印的证书还飘着油墨香味，在众人欣喜的目光中传阅着。

　　灵山岛的负碳认证是由中国质量认证中心官方认证的，该中心由中国政府批准设立，被多国政府和多个国际权威组织认可，是国家发改委和财政部授权的首批节能量审核第三方机构。

　　也难怪众人如此激动，疫情期间，认证之路尤其波折。认证机构工作人员不能亲临现场，李景哲和专家们多次采用视频录制的方式，把要调查的数据一一汇总，传给认证机构。

　　"李教授，能获得这份证书，你功劳最大啊！"灵山岛保护区党工委书记姜霞兴奋地拍着李景哲的肩膀。

"可不敢这么说，如果不是长期生态保护工作做得好，就没有现在的负碳海岛。"李景哲往后退一步，连连摆手。

从海上远望灵山岛，它宛若一块硕大的碧玉浮于海面，素有"灵岛浮翠"之称。"负碳海岛"——这亮闪闪的荣誉不是轻松得来的，而是历经几十年治理管理，循序渐进积累的成绩。

虽然挂职时间不足两年，李景哲却深有体会。从20世纪80年代开始，灵山岛就实施退耕还林政策，迄今已陆续还林3500亩，占整个森林面积的三分之一还多。每次保护区会议上，退耕还林、清理山羊、煤改电、限制燃油车、垃圾外运……与负碳有关的每项工作都不轻松，管理问题小而多，各村情况复杂，所有工作全靠各级网格党支部的工作人员一点一点推进。在任何方面稍有懈怠，就可能功亏一篑。

森林覆盖是负碳海岛的重要前提，仅这一项工作包含的细节就很多。拿清理山羊来说，其中的那些曲折故事简直可以编成书。

养羊户多是五十多岁的村民，清早出门赶一群羊上山，羊群在山上撒欢吃草，老人往石头上一蹲，旱烟袋一搭，那烟圈就随着吧嗒吧嗒的嘴巴一圈一圈吐出来。抽上几口，再把烟锅一反转，往草地上一磕，冒着火星子的烟灰被弹得四溅开来。老人们抽着烟斗一蹲就是半天，看管着自家的羊不要跑到别家的羊群里——羊是合群动物，一旦跑到别人的羊群里就很难追回来了。

除了烟火隐患，羊群本身对自然环境的损害也不小。灵山岛过去共有2000多只山羊，山羊吃草根、树皮，破坏植被。散养的山羊四处踩踏，对地貌也具有一定的破坏性，踩踏处经常有山石滚落。

有一次，李景哲跟着村委工作人员去安抚一户刚清理完羊群的养羊户，那位老人闭门不见，他把自己关在屋里好几天，反复唠叨着："羊没了，羊没了……"

站在门外的儿媳妇向他们摊摊手，无奈地说："我结婚刚来海岛的时候，老爷子就养羊，开始是几只羊，后来羊越生越多，最多的时候有八九十只羊。从小羊羔到健壮的成年羊，飞山走悬崖，这些羊都是老爷子一天天看着长大的，一下子全被送走了，他心里肯定不舒服。"知道老人那几天心情不好，家里人说话都小心翼翼的，可不敢提半个"羊"字。

后来考虑到老人的实际情况，村委给他安排了一份清运垃圾的工作，每月可以领到工资。除了卖羊的钱，家里还额外拿到了一定数额的"禁羊钱"——清理山羊，政府在村民自行处理后，按每只100元再额外给予补贴。

听村民们讲抓羊的场景也是惊心动魄。找来亲戚朋友结队上山拉网抓捕，散养的羊不像圈养的羊那么温顺，奔跑极快，越过嶙峋岩石，它们像箭一样，转眼就没了踪影。

五六个人一起扯起一张大网，朝着羊群慢慢靠拢，声势太大了会惊扰羊群，它们一旦有防备就会到处乱窜，更不好抓捕。待网靠近羊群时，中间一人脚步放慢，站在边缘的人快走几步，将羊群包围起来，然后众人一齐向中心迅速靠拢，羊群便置于网中央，人们再慢慢赶着它们往山下走。

羊儿们见有生人近身本就惊慌，再加上网内空间狭小，相互拥挤，好些机敏的羊从网中一跃而起就逃走了。平时飞跃岩石，羊儿们练就了矫健腿脚，一旦靠近网边缘，想要脱网也是件轻松的事情。大家忙活一次，也就能抓十几只羊回来，几十只羊就要斗上好几个回合。

除了清理山羊，灵山岛早些年还统一设立了公墓，迁坟的过程中补种了很多树木，祭拜时统一发放鲜花，这样既保护了植被，又可以防止森林火灾。"很多九十岁的老人带头迁祖坟。"一位村委工作人员回忆说，"一提到要保护绿水青山，村民们还是支持的。"

孤悬于海上的小岛，被台风和海水阻隔，对岸是现代感十足的城市，小岛就像另一个世界。生活在这里的人们，自与岛屿有一种心脉相通的感情，谁不希望它变得越来越好呢？

第八节　未来之路

　　从回忆中抽离出来，李景哲赶紧拨通电话给董雅红，向青岛科技大学的研究团队报喜："灵山岛被认证为全国首个负碳海岛了。"

　　"太好了！我们摸索出了一个样本。"作为灵山岛省级自然保护区碳达峰、碳中和行动方案及 2020 碳排放核算过程报告的主要参与者，青岛科技大学董雅红教授听到这个消息，声音一下子提高了好几个分贝。

　　李景哲把手机拿得离耳朵远一点，笑着说："你刚才喊那一嗓子，我耳朵都被震得嗡嗡的。"他靠在窗户一角，左脚搭在右腿上。"是应该好好做个汇总，这一路走来，有太多的实践经验可以总结了。"

　　此次认证最大的意义在于经验探索。2021 年初国家提出，力争 2030 年前实现碳达峰，2060 年前实现碳中和。自此以来，各地陆续开展了低碳城市、低碳园区、低碳社区等试点工作，灵山岛省级自然保护区被认证为全国首个自主负碳区域，为我国区域性负碳、低碳试点建设提供了经验参考。

　　一条没有人走的路，解决路上的困难就像游戏里不断出现的循环：通关、打怪兽；再通关，又有新的怪兽拦路……

　　"嘀嘀"——窗外不远处，一辆蓝色的旅游观光车鸣着喇叭奔跑在山路上。李景哲还记得刚来岛上时，新能源车刚刚面世，大部分动力不足，无法满足岛上的行车需求。

在反复研讨推进问题解决的灵山岛保护区管委会会议上，氛围并不轻松，有顾虑，有矛盾，空气中碰撞着火花。

"动力不足也不能强推，岛上山路太多，汽油车劲儿大，能爬坡。"有人建议道，"有些问题暂时不能解决就先放一放，做一个决定不能武断，需要反复考量选好一个'时机'。"

好在这几年新能源车的动力不断改进，而且相比汽油车，游客们更喜欢新颖的新能源车。一到旅游旺季，岛上的新能源旅游观光车都不够租的。

经常有人打比方，在外面花一块钱能办成的事，在岛上要花三块钱。在灵山岛上搞基础设施建设，成本确实不小，海底电缆、环岛水泥路、退耕还林、太阳能路灯等，总投入上亿元。也有人质疑：这些投入是否值得？

"在推行减碳举措时，也不是为了打造低碳的概念，而去做低碳的投入。在做民生工作的同时，顺便采用了低碳的方式，咱要兼顾面子和里子嘛。"姜霞也不赞成盲目的投入。为方便村民出行，2021年全岛计划要安装209盏新路灯，这些新加装的路灯都改成了太阳能的，这样的减排工作不是顺带就做到了吗？

一阵鞭炮声打断了李景哲的回忆，电话也听不清楚了。他挂掉电话后，询问身边人："没过节怎么有鞭炮声？"

"阿文小栈在装修呢，屋里上大梁，放串鞭炮讨个好彩头。就是那个回岛创业的小姑娘陈一文开的民宿。"有人指着窗外，一座民宿旁边燃起缕缕青烟。

"嗯，我见过那个小姑娘，挺有商业头脑的。"木屋、露台、吊篮椅……李景哲也喜欢阿文小栈的文艺范儿，每次路过都会多看几眼。年轻人都很爱玩"梗"，那是他们的社交密码。

在负碳海岛未来的规划中，也有很多新鲜有趣的"梗"。比如设立碳积分银行和碳积分超市，推出碳普惠行为清单，通过低碳变"现"来鼓励大家主动减碳。

碳积分银行本质就是建立低碳积分兑换制度，一方面村民可以通过自己的低碳行为，比如报废汽油车、更换新能源车等，获得一定的低碳积分。这些积分可以累积，村民们可拿积分到碳积分超市里兑换鸡蛋、粮油等生活物资。游客来到海岛，可以通过乘坐新能源车等低碳行为获得积分奖励和低碳证书，岛民和游客都能参与到"双碳"建设中来。

李景哲仿佛看到那一本本绿色的低碳证书在游客手里传递，又变成一片片叶子，飘出了海岛。

隆冬时节，灵山岛上海风凛冽，山岭沟峦间树木大多已落光了叶子，只有松柏点缀其中，墨色中带点翠色。

"到了夏天，就可以看到满目青山了。"李景哲自言自语道。窗外的山脉在窗前伸展开来，顺着他的目光一直绵延到大海，与湛蓝的海水相交成一幅水墨画。绿水青山就是金山银山，黄海中的灵山岛熠熠生辉，织就一幅渔家欢歌的锦图。

第六章 飞越山海

传说有一种鸟，可以飞越山海。它目光如炬，长喙如戟，轻羽如云霓。

从黄海之滨到西部热土，跨越三四千公里，大学生支教队员们如海鸟迁徙，散作漫天繁星，点燃孩子们心中的灼灼之火。

祖国所需处，皆是吾故乡。

第一节 孤独的歌声

刚走进校园，李志成有点"傻眼"——

支教的地区水资源匮乏，宿舍楼没有上下水，整个校园里仅散布着六个水龙头。宿舍楼一、二层是学生宿舍，李志成和一起支教的同学住在三楼，每次解手都需要到离宿舍几百米远的旱厕。学校更没有可以洗澡的地方，几名支教同学只能每周末一起坐 30 分钟的乡村公交到县城，在小旅馆里开一个房间，轮流洗澡，下午还要赶在 5 点之前坐末班公交车返回学校……

大学时李志成有过两次短期在新疆支教的经历，一开始他以为这次支教并没有那么困难，当真正到达支教学校时，他才发现并没有想象的那么简单。

2013 年，青岛科技大学研究生支教团成立，这是山东省唯一的省属非师范类院校的中国青年志愿者扶贫接力计划研究生支教团。李志成是青岛科技大学第 23 届研究生支教团彭阳分队队长，2021 年 7 月 28 日，他与同校两名男同学和一名女同学一起抵达宁夏回族自治区固原市彭阳县，在城阳乡初级中学开始了为期一年的支教生活。

彭阳县位于宁夏回族自治区东南部边缘，六盘山东麓，东、南、北临甘肃省。支教学校又处在县城的边缘，校园里矗立着几座孤零零的教学楼，被群山环绕，远看像整齐的火柴盒被放进了山坳里。一到周末，学校里的老师和学生都回家了，整个校园里就只剩李志成他们四名支教大学生。

"下楼洗衣服了……"隔壁宿舍的女同学喊了一声，敲响了男生宿舍的窗玻璃，玻璃被震得咚咚响，把落在走廊上闲逛的鸟儿都惊飞了。

"起这么早，昨晚我都没睡好。"男生宿舍里的三个男生懒洋洋地睁开眼睛，哈欠声接连响起。

"你们还没睡好，我一晚上没睡着呢。"女同学轻叹了一声。他们来到支教学校已经快两个月了，这个季节室外温度降至零下，夜晚的风有着青面獠牙的模样，在黑夜里爬上窗户，把玻璃磨得沙沙乱响。

"昨天约好9点起床洗漱，还要洗衣服，快起！"

一阵催促下，李志成搓了搓脸，从被窝里一骨碌爬起来。为了捂住暖和气，他将衣物放在枕头旁边，先撑起上衣，迅速套进两只胳膊，然后掀开被子，把腿穿进裤筒。

"好啦，我们男生起床就两分钟的事。"三个男生拿着脸盆打开宿舍的门嬉笑着，他们腋下各夹了一个脸盆，里面放着牙刷、牙膏、洗面奶和一些胡乱塞放的脏衣服。学校里没有洗衣机，平时的脏衣服得靠自己手洗。

四个人下楼，来到学校院子中央的几个水池子旁，开始洗漱。这里算是水资源聚集区，全校园只有六个水龙头，这里就占了仨。

打开水龙头，里面的水歪歪扭扭地流出来。李志成一手拿着牙刷，一手拿着杯子，接了大半杯水，他把杯里的水晃动了一下，趁这个动作的空当做了一下心理建设。

李志成把杯子送到嘴边，小啜了一口水含到嘴里，那冰冷的水瞬间化成一根根箭，扎进口中，穿透了神经。有那么几秒钟，他的意识一下子模糊，耳朵响起了嗡嗡声，那股寒气迅速游走，侵入了整个脑袋，他一下子眩晕，几秒钟后方才恢复一些。

身体由口腔开始，慢慢适应了这股冷水的刺激，洗脸的时候，水珠在脸上游走的时候，反而感到了一点点热气。但是当把双手浸入脸盆的水中，开始揉搓脏衣服的时候，刚才还自欺欺人的身体瞬间又恢复了理智。寒气再次化成一根根箭，通过手指，一直游走到心脏，继而是身体的其他各个地方，引起一阵寒战。

随着身体的抖动，四个人的嘴唇和牙齿相继发出厮磨的声音，随着这个声音越来越频繁，身体的抖动也不受控制了。

"咱……咱唱个歌吧。"站在边角处的女同学提议道。

"行，唱什么歌……"李志成自问自答道，《歌唱祖国》怎么样？我前几天刚教孩子们唱的……国庆典礼上的大合唱……"

"行，就听老干部的……"同学们喜欢叫李志成"老干部"，首先是因为他有着圆圆的脸庞，戴黑边眼镜，一副憨厚稳重的样子；再者因为他是四人支教小分队的队长，有需要发言的场合都是他出面，站在台上讲话，他平视前方，眼神坚毅，字正腔圆，逻辑清晰。

"五星红旗迎风飘扬，胜利歌声多么嘹亮……"李志成把一句词停顿成好几截，每搓一下衣服，就高喊出一个词组，这样抑扬顿挫的唱法更加掷地有声，仿佛那些音符是从手中搓出来，又飘向空中的一样。音符像听到了某些召唤，飘向不远处旗杆上的一面国旗，国旗飘舞得更加卖力了，仿佛寂静的校园里唯一鲜活生动的物体，在风中兴奋地鼓动着，发出呼啦啦的"掌声"。

四个人的歌声忽高忽低，在空中回旋汇合，这样音律一致的歌声昨天晚上也响起过。

每到周末，学校就断电了，一到晚上，方圆二三里只有他们两间宿舍亮着灯。黑夜像一张无边的织网，校园四周耸立如巨人的山脉已不见了轮廓，夜色早已将其掩盖在一片迷茫之中。宿舍窗户里的灯光微弱，仿佛被风一吹，便飘摇着没了踪影。

"我想去厕所。"男生宿舍门被敲响，一个声音颤颤地说。此时已是晚上9点多。他们约好，晚上如果四个人中有一个要去上厕所，另外三人都要陪伴，大家打着手电一起去，一个人进厕所，其余三人就站在厕所门口壮胆。

李志成打开门，毫不犹豫地道："走，我们陪你。"

四人打着手电下楼，楼道里响起咚咚的脚步声，那声音顺着楼梯一直撞到顶层的楼板，再被反弹回来，来来回回形成错落的一连串的响声，震得楼板嗡嗡作响。

走出宿舍楼，斜对角校园一侧是旱厕，送女生走进厕所门，三个男生在门口站定替她看门。狂风抽打着大地，像嘶吼的野兽扫荡而来，在耳边嗖嗖穿过，有点像恐怖片里的音乐。李志成打了个寒战，抱着手臂，跺着脚，旁边的树随着风声一会儿左倾，一会儿右倾，一副无力招架的样子。除了风声和树枝的摇摆声，周围一片寂静，静得可以听到自己咚咚的心跳。

抬头仰起了脸，他看到了深邃夜空，月亮正向一片云彩缓缓地飘去，他转头看了一下倚靠在墙边的两个男同学，他们也在抱臂仰头看着天空，动作竟是出奇一致。他们宁静地看着月亮在幽深的空中飘浮，接近云彩时，那块黑暗的边缘闪闪发亮了，月亮进入了云层。

"我们唱个歌吧。"李志成的脸在黑暗里模糊不清，但他的声音十分清楚。当月亮钻出云层时，他的脸蓦然清晰。他想不出比这更好的建议了，空旷的校园里，不管白昼还是黑夜，四人经常用歌声来驱散恐惧和孤独。"感觉我最近的嗓门都大了，唱歌水平突飞猛进呢。"李志成说。

月亮向另一片云朵靠近，再度钻进云层后，"五星红旗迎风飘扬……"站在李志成旁边的两个男同学迫不及待地打开了嗓子，回应了李志成关于唱歌壮胆的提议。

李志成转过头，看向身旁的同学，这时月亮再次穿过云层，他们的脸一下子又明亮起来，眼睛在黑暗里闪着灼灼的光。"越过高山，越过平原，跨过奔腾的黄河长江……"李志成的声音也加入了这浑厚的男生合唱中。这歌声像一把利剑，飞向很远的天空，劈开漆黑无边的暗夜，在孤寂空旷的山坳里，在那个月光时隐时现的夜晚，给予他们长久的温暖。

第二节　小马老师

李志成负责教授七年级两个班的数学，这里的孩子，小学大都是在村里上的，一个村一两个学生，就一位老师教全科。所以孩子们基础比较薄弱，很多孩子字都不认识几个，小学加减法里的进退位都不会。

但看到孩子们那善良淳朴的笑容、渴望知识的眼神，李志成的内心就燃起了动力，觉得自己一年支教时间太短了，希望能多帮帮这些孩子。

"老师，这个送你。"课间，一个细小的声音弱弱地响起，像一根线穿过针眼一样穿过了他的耳朵。

循着声音望去，李志成看到了一个瘦瘦小小的孩子，细细的脖颈支起一颗小圆脑袋，跟黄豆芽似的。

这个孩子李志成是有印象的，大家叫他小马，他坐在第二排，脸上经常挂着两串鼻涕，快流下来时，鼻翼一动鼻涕就被抽回去了，然后他拿袖子一抹，脸上顿时多了几块灰东西，显得有点滑稽，像刚钻过灶台的小猫。

此时，眼前的他一双眼睛圆又亮，眼眶里乌溜溜的小眼珠像黑葡萄，眼睛每忽闪一下，微微上翘的长睫毛便欢快地上下跳动。孩子双手捧着一只纸飞机，看到老师望向他，便左右晃动着手臂，仿佛那架飞机真的可以在空中飞翔。

李志成蹲下身子，缩短了与孩子目光相触的距离，孩子不再仰着头，而是更大幅度地晃动手臂，以至于身体左倾右倾。"纸飞机，您喜欢吗？"

李志成接过这个纸飞机，放在手掌心里端详着，机身和翅膀的连接处有几道折痕，看得出它被反复折叠过。"当然喜欢，这是我收到的第一份礼物呢。"李志成把托着纸飞机的手收到胸口的位置。

"我就知道你肯定喜欢。"孩子笑得眼睛眯成一条缝，"老师，您是坐飞机来的，是吗？"他接着问道，"真的飞机长什么样？是不是比我折的纸飞机要大？"

"大太多了……"李志成回答。

"有这么大？"小马努力伸直胳膊，比画着飞机的长度，突然觉得离自己想象中的飞机差得远，于是他往后跳了几步，快抵到教室后面的墙了，他用眼睛衡量了一下自己和老师之间的距离，这个距离比自己伸长胳膊比画的距离长了不知多少倍。"这么大够不够？"他拿袖子擦了一下即将露出脑袋的鼻涕虫，歪着脑袋问。在他小小的脑袋里，这个长度已经是他能想到的最大长度了。

"可能有两间教室那么大吧。"李志成被他的举动逗乐了。

这个答案显然已经超出了小马的认知，他错愕地一下子瞪大眼睛，嘴巴也张大成同样的圆形，随后他开始慢慢地往前走了几步，重新走回李志成身旁。

他伸出一只手拉住李志成的衣角，攥在手里，慢慢地拉向自己身前。他脑袋低得像一颗沉甸甸的谷穗，继而发出像风吹过稻田一样缓缓的声音："老师，我小学数学不好，每次考试只能考二三十分。但是，老师，我喜欢你，在初中我想要好好学数学，你可以教我吗？"

其实李志成在课堂上早就注意到了他数学真的很差，连基本的十以内加减法都需要列竖式计算。"那我们约定一个小秘密好吗？"李志成握起他的小手，故作神秘地说。

"什么秘密？"小马的眼睛里立马闪过星星一样晶亮的光。

"每天午休，你来我办公室，我给你补数学，好吗？"李志成说。

"太好了！太好了！"小马像一只欢快的小兔，双脚离地蹦起来。

此后的一段时间里，小马每天中午都到李志成的办公室补课。如果在中午路过这间办公室，就会看见他端坐在小板凳上，歪着脑袋，视线顺着老师的笔在课本上来回移动，他完全沉浸在这个由一个个数字串联而成的世界里。至于窗户外面同学们在操场上发出嬉闹的声音，他完全没有理会，那是另一个世界的热闹，与这间办公室有一道泾渭分明的结界。

没过多久，他的成绩从一开始班级的倒数几名到了中上游。从李志成的"午休课堂"结业后，小马还建立了自己的"午休小课堂"，主动帮班级里基础不好的同学讲解小学数学知识。

"现在，开始补课了。"小马坐在课桌上，两条腿交叉悬空着。

"今天讲什么？小马老师。"几个孩子围在他身边，嬉笑着喊他"小马老师"。

"今天讲进位和退位。"小马拽了拽衣角，挺直了胸脯，坐在桌子上，他比其他孩子高出半个头。

"列竖式时，要标清楚进位和退位的小点。"他把"小点"两个字的音拖长，竖起手指点了一下，表示接下来将要讲解重点知识。围在课桌旁边的孩子们都仰着脸，他们随着小马手指的节奏不住地点着头。

小马接着说："运算时，不能忘记这个小点，否则，就很容易出错。"这个手指的动作，他模仿的是李志成，老师在讲课时经常喜欢用手指在空中比画，就像一只大笔在写着什么，跟着他的手指，满屋子的小脑袋都在飞速运转中。

"哦，明白了——"孩子们仰起的头频率一致地点了点，像被风吹过的起伏的稻穗。

听到这声回应，坐在课桌上的小马脸上露出了高兴的表情，眉毛高挑，眼睛笑成弯弯的月牙儿状，经常抽动的鼻涕虫不知什么时候不见了。作为"小马老师"，当然要注重形象了，怎么会有鼻涕虫呢？他环视了一下四周，交叉的双脚变成平行摆，一前一后荡起了秋千，在孩子们叽叽喳喳的议论声中，秋千越荡越高，翘向高高的天空。

第三节　梦中的飞机

身为地道的青岛小伙，李志成此前从没离开青岛在外地长住过，来到宁夏支教后，他最大的感触是东西部城市的差距。

在大城市里，身边大多数亲戚朋友的孩子从小就上各种兴趣班，放假了父母带着去全国各地旅游。可是这里的孩子却没有这么好的条件。李志成注意到，每天中午，学生们每人捧一个碗，碗里的米饭或者馒头上浇盖一两个菜，他们就吃得津津有味，还啧啧地称赞道："太喜欢吃食堂了，在这里可以吃到肉和青菜。"

国庆七天假期，孩子们都在家里干活，帮大人收玉米或者照看年幼的弟弟妹妹。李志成曾经问过班上的孩子有没有出去游玩的经历，一个班三十多个孩子，一半以上没有离开过县城，他们甚至对固原市、宁夏回族自治区首府银川都没有概念。

曾有一个孩子反问："老师，宁夏以外是什么？"这句话深深刺痛了李志成，他决心把自己的所见、所闻、所感带给这些孩子。在每周的班会上，他把自己大学时期的照片和视频展示给孩子们看，那些丰富多彩的文艺演出、社团活动让孩子们看得入了神，时不时发出感叹："哇，原来大学校园这么美啊！"

"以前爸爸妈妈总说读书改变命运，我觉得是空话，老师，我现在知道了，学习真的可以改变命运，我也要去上大学。"一个孩子激动地说道。

整理班级学生信息，书写学习综合测评，统计班级特殊学生信息，送教上门……班主任这份工作烦琐而又细致。琐碎的日子一天天过去，李志成不再感到孤单，孩子们渐渐占据了他生活的全部，他们小脑袋瓜里总是装满问题，像装满星星的盒子，摇一下就发出悦耳的叮铃声，那是有趣的奇思妙想迸发的声音。

"老师，你打游戏吗？"

"老师，青岛长什么样啊？大海有多大？"

"老师，你在这里多久啊？……什么，只有一年？这绝对不行！老师，你不能离开我！"

有个孩子天真地对李志成说："老师，我特别喜欢你，你能一直留在这里吗？我家里有个姐姐，你给我当姐夫吧。"

这时候的孩子们像是一缕春风，温润又明媚。李志成的心像被吹拂过的花朵，一瓣一瓣地打开。偶尔，他的脸也会变成冬天里的寒风，瞬间从满面笑容变为一脸严肃。

"你怎么一直上课睡觉！"

"今天值班的周老师跟我反馈了，你俩为什么在校园打闹？"

面对孩子们的错误，李志成总是毫不客气地指出来，并且不厌其烦地督促他们改正。在这一点上，他可不是个好糊弄的老师，他就像攥着一块橡皮擦，如果发现孩子们有错误，会毫不留情地将其擦掉。

整所学校的老师都是用方言教课，只有李志成他们四位支教老师说普通话。于是，这四位支教老师也受到特殊的优待，总能收获孩子们的特别礼物。

教师节那天，孩子们拎着黑色的塑料袋走进教室，把它们撂在讲台上，堆成小山堆。李志成打开这些包裹，才发现原来是他们从自家果树上摘的枣、苹果等。"这是送您的教师节礼物。"孩子们扬起的笑脸也像那一个个熟透了的红红的苹果。

有一次课间操时间，李志成站在教室的玻璃窗边观察孩子们的课外活动，那天刚刚下过雨，地上积满了雨水。孩子们三三两两一组玩着游戏，他们挥舞着柳条在黄色的泥土上奔跑，用呐喊布置一场虚构中的激战。孩子们在操场周围的砖块路上跑来跑去，砖块翘来翘去发出声响，如果使劲往一侧踩去，另一侧就会涌出一股泥水。孩子们满腔热情地投入这样的游戏之中。

"或许我可以教他们打篮球，玩点更有技巧性的游戏。"一个想法在李志成心里默默成型。

很快李志成就组建了篮球队，他兼任起了学校男篮队和女篮队的教练，负责队员们的篮球训练工作。篮球队队员每天在别人睡觉时就要早起训练，在别人自由活动时还要进行训练，乡村学校条件有限，有时没有合适的运动装备，孩子们的脚还会磨出血泡。

"训练累吗？"李志成关切地问，他有点担心孩子们坚持不下去。

孩子们用手抹掉脸上的汗渍说道："我们喜欢篮球，训练不累！"他们的眼睛里有星星般晶莹的光。李志成也没想到自己能够成为孩子们追梦的助力者，那么一切的辛苦都是值得的。

每次结束训练总有孩子会找到他，信心满满地说："老师，我想和你单挑！"

清晨，孩子们训练的时候，李志成最喜欢坐在操场上，看着他们矫兔般的身影，慢慢被朝霞披上红彤彤的光晕。远处，朝霞与旭日正逐渐融为一体，一轮红日在山坳里露出脑袋，开始它光芒四射的攀升。

操场被群山环绕，山上是一层一层的梯田。晨光中一双手悄悄掀开梯田的白雾面纱，层叠之间是线条的曲折交错，高低之际是光影的明暗转换。如链似带的梯田，连接了千年相传的农耕文化。

梯田有着看似无序的曲线，在广袤的山脉上盘旋，扭动的身姿没有雷同的，田块的形状也没有相似的，草色、天色没有凝固的，景随步移没有不变的，泥房炊烟、耕牛犁田，没有静止的。千年生命接力，用一种筑田岸、铲田坎的古老技术，创造灵动的土地。

每天，太阳就这样顺着山坡一层层升高，通往山顶的云端去了。远眺层层梯田，犹如一座盘旋陡立的天梯。

到了冬季，梯田的平面上，一层层落满了白雪，而每一级梯田的侧面土墙则是一道道背风少雪的立面。梯级落差若是高些，土地的黑色或深褐色便明显浓重，自然而然地甩出了一条条层次分明的黑色弧线。满山的梯田在纯净的白雪映衬下，所有蜿蜒起伏的曲线骤然凸显。那阡陌纵横、婀娜多姿的线条，如此洒脱流畅、随心所欲，似行云流水、如空谷传扬的无声旋律，浅唱低吟。冬季里的梯田，是一副轮廓分明、庄严冷峻的黑白木刻。

梯田上空，偶尔有翅膀闪着亮光的飞机轰隆隆地掠过，亮点越来越小，伴随着尾部的一缕白烟，一直消失在看不到的远方。

"希望时间可以过得慢一些……"李志成心里想。孩子们就像种子，播撒在这广袤的梯田里，生根、发芽、抽枝、长大，能够陪伴这些生命的成长是一件多么美好的事情啊！

转眼到了2022年的新年。这天，学校礼堂里响起激动的掌声——"让我们以热烈的掌声感谢远方爱心人士为我们送来的礼物！"青岛科技大学第23届研究生支教团彭阳分队在彭阳县城阳乡初级中学组织开展的书香校园创建活动暨"个十百千万"阅读工程图书捐赠仪式正在进行。

李志成四人通过母校青岛科技大学募集到了很多学习用品，爱心人士捐赠的书包、文具陆续从青岛快递过来，一同飞来的还有近1000册图书，其中包括经典名著、科普著作及教辅等，所有的书均由青科大历届研究生支教团募集所得。

"老师，我昨晚做了一个梦。"课间时间，小马跑到李志成身边压低声音，神神秘秘地说。

"哦？说来听听。"李志成放下手里的粉笔，蹲了下来。

"我梦到我坐飞机，去青岛了。"小马一脸得意，他绘声绘色地给李志成讲着他奇幻的梦：坐上了一架大飞机，飞机大约有两个教室那么大，飞机起飞时发出轰隆隆的声音，山坳里一圈圈的梯田是它的跑道，它一层一层攀升，一直升到山顶，再从山顶腾空，踩着云彩滑行，一直滑向很远很远的地方……

"坐在飞机上，我一路飞出了大山……"小马挺了挺胸脯，个子一下蹿高了，他的脸颊因为兴奋而变得绯红。

"你一定能飞出大山。"李志成摸着他的脑袋，坚定地说。

第四节　月牙湖女孩

"嘀嘀——"周鹏飞正在实验室收拾化学反应仪器，放在一旁的手机响起了清脆的铃声，一条信息随即浮现在手机屏幕上。此时已是中午12点多，因为在等一个实验结果，周鹏飞一直没去吃饭。

他边脱去白色的实验室工作服，边从桌子上拿起手机查看。微信里闪现一个熟悉的头像，那是一个"非主流"的动漫人物，刘海飘在额前，盖住了大半张脸，夸张的大眼睛在头发后面隐隐发亮。周鹏飞嘴角上扬，脸上顿时露出一丝微笑，心想："这小家伙，大中午的，找我啥事呢？"

"老师，我有点想你了。"信息来自远在1000千米外的银川。两年前，作为研究生支教团成员，周鹏飞曾经在那里做过一年的支教老师，孩子们喜欢他，从不掩饰想念的心意，问候消息总是毫无征兆、不分时间段地突然发来。这份源自内心的爱意就像一条静静流淌的小溪，时不时要溅起表白的水花。

"我的小心脏一颤啊。"周鹏飞被他逗乐了。

"我好想回到初中啊，老师，我很怀念初三的学习氛围。"几行字排列下来，对方发来一个难过的哭脸表情。

"一定要加油啊。"周鹏飞脸上的神情慢慢变得沉重，陪伴这些孩子走过初三学业最紧张的一年，他们像蒲公英的种子一样，飘散在白杨树林立的风沙塞北。

窗外的枫树沙沙作响，风吹过枝叶像拨动琴弦，那树影中点点的阳光则是跳动的音符。光点的直射让他的眼睛不自觉眯窄了一些，眼里的光景与记忆里的光景似在模糊中重合起来……

　　"以前我的理想是当企业家，现在我想办一所职业高中，让更多的孩子学到立足社会的技能，让他们能够走向更远的世界。"周鹏飞在日记里这样写道。在宁夏支教一年的经历，改变了周鹏飞的人生目标。

　　两年前的夏末，周鹏飞要动身去一个叫月牙湖乡的地方，它位于宁夏回族自治区银川市兴庆区，那里也是毛乌素沙漠与黄河交界处，因有一湖似月牙而得名。

　　刚下飞机，热浪迎面袭来，燥热是这里天气的特征之一。坐上颠簸的汽车，周鹏飞的头晕得像挨了一闷棍。他眯着眼睛把头靠在车玻璃窗上，但是晃动的车辆让他的头总是不听使唤地轻轻撞向玻璃，又轻轻弹开，像一颗弹跳的玻璃球。迷迷糊糊中，他听到车上接站的老师向他们讲述着月牙湖的传说——

　　公元前33年，昭君出塞和亲，行至黄河渡口处，望着滚滚而去的黄河水，心中不胜凄凉——渡过黄河，离长安便又远了一步。昭君刚一渡过黄河，心中对远方父母的思念便猛然涌上心头，不知不觉泪水滑过脸庞，滴落在河岸的沙地上。昭君走后，她的泪水化作一汪湖水，形似月牙，人们称之为"月牙湖"。月牙湖乡的名字由此而来。

　　"少女的眼泪"——不清醒的大脑还是捕捉到了这个故事的梗概。"女孩是这世上美好又洁净的存在，为何要让她流泪呢？"周鹏飞心中泛起一丝惆怅。

　　车辆行驶的目的地是月牙湖回民中学——周鹏飞支教的学校。听名字也能猜到这里是回民聚集区。九曲黄河万里沙，风起塞上满目新。与《山海情》中相似的故事同样发生在坐落于黄河岸边的兴庆区月牙湖乡。三十多年前，为帮助南部山区群众脱贫，7000余户近30000人从海原县搬迁至月牙湖乡落户，其中回族人口占总人口的60.9%。

司机一脚油门踩下去，汽车颠得几乎飞起来，而后又猛一拐弯，把周鹏飞从座椅这头甩向那头。他重新坐回来，将安全带扣好，并把手指并拢扶住脑袋。随着车轮碾过，山上的岩石滚滚而下，向着山坳奔腾，声音渐次变小，最后就像嘹亮乐章的尾音。

车辆行驶的山路是203省道，因为晕车，周鹏飞没有仔细观察窗外新鲜的一切，只觉得沿途的风景被车窗分割成一幕幕画，包罗万象，妙趣横生：绿水拥翠的鸣翠湖，波光点点；密植成行的白杨树，笔直高耸；低矮成簇的景观树，斑斓多姿……从车辆前方明亮的挡风玻璃看去，远处永远是望不到头的山，山虽然不高，却很密，手拉手站立着，形成无数的坡和沟壑，山路也就格外蜿蜒曲折、起伏不平。

车行接近两个小时后，终于在傍晚时分抵达了学校。这所学校就位于203省道旁边，出行坐车倒是比较方便。校长和几个老教师已等在门口迎接。周鹏飞只觉得头重脚轻，从车门下来踩到地面时，他趔趄了几步。校方周到地为他准备了脸盆、暖瓶等生活用品，几个年长的老师握着他的手，询问"这里燥热，还适应吗？"之类的话，那亲切的絮叨有点像远方的亲戚来接家中的孩子。

入住宿舍安顿好，欢迎的人群已散去。周鹏飞本想好好休息一晚，却不想遭遇了一个不眠之夜。夏天的夜晚，月牙湖充斥着燥热，道路是热的，人心是热的，就连花花草草，摸一摸都烫手，简单的宿舍没有空调和风扇，偶尔有一丝凉风。想让更多的微风吹进室内，只能打开窗户，大开的窗子却引来飞蛾入室。成千上万的飞蛾嗡嗡嗡的，阵仗浩大，就像一支敢死军队，为了屋里的一点光亮前仆后继。

待到次日凌晨，地板上、楼道里、窗沿上铺满了它们的尸体，黑压压一片，踩上去嘎吱嘎吱，是生命被碾碎的声音。周鹏飞打了个哆嗦，不免有些怜悯这些小生物们。

周鹏飞被分配到毕业班九年级二班担任班主任，并兼两个班的化学老师，想着早点与孩子们见面，他一早走出宿舍楼前往教室。双脚第一次踏在校园里，但心里却不陌生，因为早已熟悉它的样子了，之前在这里支教的学长们给他看过很多关于这里的照片。

月牙湖回民中学是月牙湖乡的九年一贯制移民学校，成立于移民搬迁同年，那时叫大塘中学，只有三个年级、三个教学班，共有百十个学生和九名老师。2004 年前后，学校搬迁至新校址，合并了一所中学和小学，改名为银川市兴庆区月牙湖回民中学。

学校刚落成之时，教育教学条件极其艰苦，仅有一座教学楼和十间教师宿舍，没有理化生实验室，教学器材配备几乎为零，运动场为盐碱荒滩，夏天是水滩，冬天是冰场，在编教师只有十七人，其余全部为大学生志愿者。后来在地方政府和学校领导等多方努力下，学校才争取到项目建设资金，建成了惠民楼，配套了标准化的理化生实验室、图书阅览室、教师电子备课室、学生标准机房，拥有了多媒体教室，硬化了校园，建成了学生运动场，2006 年通过了自治区"普九"验收，2008 年通过了"教育强区"和国家"两基"国检验收。

"老师好！"陪同周鹏飞来报道的校长做过简单介绍后，教室里立马响起了一阵热烈的欢迎声，显然孩子们对这个年龄相差不多的大哥哥充满了好感。

周鹏飞微笑着环视了一下教室，课桌上露出一张张红扑扑的脸蛋，脸蛋上是常年被风沙扫过的一抹抹胭脂，清澈如小鹿般纯净的眼睛，像一汪汪月牙湖水。同样映入眼帘的还有几张活泼的稚嫩鬼脸。周鹏飞脑子里开始闪现一些问题：一年说长不长，说短不短，该怎么和这些青春期的孩子们相处呢？毕业班的成绩如何提高？顽皮的孩子如何教导？随着这些问号的浮现，他脸上的微笑慢慢收敛起来，带学生他可是一点经验也没有。

"二班呀，调皮捣蛋的可多了，成绩也是四个班中最差的一个，因为换了好几个班主任，班风不行，学生大都心智不成熟，难管得很！"周鹏飞刚收拾好办公桌，一个老师一手端着杯茶水，一手押着杯盖，走过来跟他透底，这也证实了他的担心。

"这么棘手的班我能管得住吗？"周鹏飞陷入了思考。窗外的操场上有一排白杨树，笔直的腰身摇着手臂，像一串绿色的省略号。得想点策略，周鹏飞突然想到了什么，紧皱的眉头舒展开了。他拿出手机，搜索起了一些关键词："教师用书""提高成绩"……一番查找后，《给教师的一百条建议》《致青年教师》等书被点进了购物车，付款后只待收货。

没几天这些书到了，周鹏飞一有空就拿出来翻看，吃饭看，睡觉前也看，天天琢磨怎么当好一个班主任。

"还在看呢？书快泡进菜汤里去了。"一天中午，周鹏飞把饭从食堂里带回办公室，一个声音从他身后传来。他抬头一看，原来是师父马向吉。

"师父，您还有心笑话我呢，我都快急坏了，恨不能把时间掰成好几瓣，总觉得不够用呢。"周鹏飞看到师父，心里一阵高兴，正好看到书上介绍了好些理论，放在现实中究竟好不好使，可以请教师父啊。师父快五十岁了，也是化学教师，是从银川三中来月牙湖回中轮岗的。

"说来听听，你都学到哪些理论了。"师父也正想探个究竟，经常看到这个年轻人抱着一摞厚厚的书，坐在办公室一角埋头半天，也不知道在研究什么。

"书上说'刚柔并济'，这个应该怎么用到现实中？"周鹏飞翻看手边的一本书，指着自己用下划线标记的一段文字。

"要我说啊，就是要会快速'变脸'，前一秒可能还在微笑，下一秒就能摆出一张严肃的脸。"看周鹏飞歪了一下头，师父知道他还没听懂，继续说道，"表现好就表扬，有错误就要严厉批评，孩子们就像白杨树，长了侧枝，弯了腰身，不给它捋直了，不得越长越歪啊。"

周鹏飞眼神"出离"，一副若有所思的样子，他在书上看到过和师父讲的类似的话。十年树木，百年树人，培养一个学生成才需要非常多的时间，培养的过程就像栽培一棵树一样。他有时会长歪，你只有不断地帮他修正，他才能长成一棵参天大树。

"哦……"周鹏飞点了点头，师父的话就像一根尖锐的针，一下子捅破了那层似懂非懂的窗户纸，那些书本上看到的理论顿时透彻了许多。

此后的一段时间里，周鹏飞很快进入一个会"变脸"的状态，在学生上晚自习时，他便如同影子般悄无声息地出现在班级的后窗边，观察学生。那几个经常上蹿下跳的"顽皮豆子"前一秒还在交头接耳，或者打开一本小说正看得入迷，后一秒就被周鹏飞抓个现形，这双"幽灵的眼睛"从黑乎乎的窗外一下子移动到眼前，往往会把他们吓得一下子愣住，身体不由自主地发抖，藏进书桌里半个身子的小话本也被老师像揪了尾巴一样拽出来。"考过中考分数线再找我要回！"周鹏飞毫不留情地将它们没收。自此之后，"顽皮豆子"们倒真的变得收敛起来，在课堂上安静了许多。运动会上的休息间隙，周鹏飞和同学们围坐在一起，玩真心话大冒险，套出了几个人的"早恋"秘密，事后这几个孩子跟他一通谈心后都分手了。

有一次，在学校的理发店里，理发师竟然一下子就叫出了他的名字，原来很多来理发的学生在这里吐槽过，"我们新班主任'歪'得很"。

"歪"是当地的方言，意思是严厉、厉害。周鹏飞听到后反而笑了笑，更加坚持了他"从严治班"的路子，他心想：如果我的'歪'能延伸他们脚下的道路，那也是一种负责任的态度。

其实周鹏飞的"歪"还有一层因素，就是着急，他为这些孩子们的前途着急。月牙湖回中所处位置偏僻，周围山路崎岖，去城里来回要三个多小时，当地学生的父母都是地地道道的农民，家庭人口多收入少，孩子们根本没条件到城里参加补习班。

月牙湖回中是银川市中考升学率较高的乡村学校之一，但也仅有42.6%，每年都有一多半的学生无学可上。考不上学的男生外出打工，女生回家等待寻一门亲事嫁人，他们可都是刚刚十四五岁的孩子啊！记得校长在支教老师的欢迎大会上曾经说过："帮助农民的孩子，成就其一家人的梦想。"这句话像一个重重沉入湖底的重物，拉着周鹏飞的心一点一点往下沉。

"这种观念我很难去改变，而我能做的是尽自己最大努力让更多的孩子考上高中，只有这样他们才有机会走出去看看外面的世界，才能改变自己的命运。"周鹏飞暗自下了一个决心。

周鹏飞的班里有两个特殊的女孩。一个女孩父亲去世了，母亲改嫁后她跟着舅舅生活，后来舅舅结了婚，舅妈对她比较刻薄，有时候她回家都没有午饭吃，常常米饭泡开水就是一顿饭。有一次在课堂上，长期营养不良的女孩因低血糖晕倒了。另一个女孩也是类似情况，爸爸去世后，妈妈改嫁走了，她跟着爷爷奶奶生活。两个女孩的成绩都处在中考分数线的边缘。

"以后中午你俩就跟我一块吃饭吧。"课间，周鹏飞把两个女孩叫到办公室。彼时距中考还有一个月，其他同学中午都回家吃饭，考虑到两个女孩吃饭都成问题，他决定承包她俩的午饭。

额前的碎发遮住了脸颊，眼睛在半遮半掩中透着闪烁的光。"这样合适吗？老师，我能吃饱……"一个女孩看了周鹏飞一眼，迟疑了一下，似有很多顾虑在脑子里过了一遍，随即低下了头。她的声音很轻，低着头的模样像开在路边不知名的小花，那些素雅的花朵终年与黄土相伴。

周鹏飞从抽屉里拿出两个长方形药盒，一个药盒写着"人参合剂"，一个写着"生脉饮（党参方）"，这还是远在青岛的女朋友建议他买来，给低血糖的女孩补充营养的。他把两盒药递给女孩们："拿回去，按照药盒上的说明服用，别忘了。"

女孩们接过药盒，眼睛更瞪大了一圈，她们抬头看了一眼眼前的老师，眼睛里闪动着亮光。

在中考冲刺的一个月里，周鹏飞每天中午把两人带到学校门口的小饭馆，点两个菜给她们补充营养，课后和周末加班为她们补习功课，最后两个女孩都成功考上了高中。

那时周鹏飞还没有想到，他努力呵护的花儿们，有几朵也会隐入塞北的黄沙。

结束支教回到青岛一年后，学校里新的研究生支教团正准备出发。礼堂里，作为上一任支教志愿者的周鹏飞要为即将奔赴银川、新疆等地的同学们授旗。回到座位上，他收到了一个学生的短信："老师，小婷要订婚了。"周鹏飞惊呆了："什么？"学生随后发来两张婚纱照，照片里的女孩是周鹏飞的学生，她穿着雪白的婚纱，头上戴着白色珍珠串成的发饰，甜美得像朵鲜花。照片的背景一眼就能看出是布置的室内虚景，一张背景是一棵雪白的梨花树，一张背景是薰衣草花海，拙劣的背景似是预示着一个并不明晰的未来。

实际上月牙湖乡的离婚率是很高的，过早结婚埋下的隐患使得这些女孩被梦魇般的命运阴霾所笼罩。"她本应该去看散发着清香的薰衣草，去看满树如雪的梨花，而不是站在假背景下。"周鹏飞的心一阵收紧，他一直坚持做一个"歪"老师，虽然在他的带领下，七年级二班的化学成绩从月考倒数第一名一下子蹿到兴庆区中考模拟考试第一名，中考升学率列毕业班第一，但是此刻他感觉到深深的惆怅，一个人的力量有限，他尽了自己最大的努力，但是那些摇曳在塞北风沙里的花，他能拯救几株呢？只有更多的支教志愿者前仆后继、不断接力，才能改变更多人的明天，那些月牙湖边美丽的女孩，眼睛里应该落满星辰和远方，不应充盈着湖水般的眼泪。

誓师大会的口号在礼堂里响起——"用一年的时间，做一生难忘的事！"那声音震荡着空荡荡的会场，穿透玻璃，冲向天空，经过了树木、云朵和微风的触碰，变得温柔又悠长，一定会抵达更远的地方。

第五节　清风拂过我的二十四岁

春天、冬天、秋天的月牙湖，动不动就狂风肆虐，万里晴空瞬间就被黄沙吞噬，室内外弥漫着刺鼻的粉尘味，太阳即使间或露出笑脸，也是羞涩里带着惶恐，极不自在，才刚露脸，瞬间就消失得无影无踪，天地一片混沌。狂风刮起的沙子在空中团团地打着旋儿，直打到人的脸上和身上，像针扎一样。因为水土不服，感冒、咳嗽时常光顾，一向健壮的周鹏飞在支教的一年时间里感冒了好几次，而之前他一两年都不会感冒一次。

宁夏的风沙让那里的人看上去显得苍老，周鹏飞曾经把一张教师合影发给女朋友看，女朋友指着站在他身边的三十多岁的老师问："他五十几了？"

身体在慢慢适应，学校里的同事像大哥哥大姐姐一样照顾着周鹏飞，师父马向吉经常把他叫到家里，给他做可口的饭菜。支教一年的时间里，周鹏飞没事就跑到师父上课的班级，坐在后排听讲，手中的笔不住地记录着，比学生们听得都入迷。

师父站在讲台上就像坐标的原点，整个教室像一个巨大的坐标系，周鹏飞就像横轴和纵轴上的点，穿梭在魔力的磁场中。两个学期下来，周鹏飞手写的化学教案攒了厚厚的四本。

为了让自己的化学课更加有趣，每到周五，周鹏飞会带学生一起在教室里上演"化学一站到底"，全班同学分成四组，哪组抢答的化学问题最多，哪组就胜出。周鹏飞会将自己从网上买的零食作为小奖品发给孩子们。

这里的孩子基础知识都比较薄弱，有的数学甚至考二三十分，家里都是农民家庭，又上不起城里的补习班。于是周鹏飞决定利用周末的时间帮孩子们补课。为了方便行走，支教第一年国庆假期里，他便把父母送的五菱小汽车开到了支教学校，每到周末他就开着车去往乡下孩子们的家里补课。

乡间的小路都是狭窄的，有的路面没有硬化，仅容一辆车通行，周鹏飞常常要在颠簸的小路上左右摇晃一个多小时才能赶到孩子们的家里。车窗外的风景很单一，白杨站在路边，随着车行而后退。

白杨树的树干笔直笔直的，有二三层楼那么高，一般两三米内绝无旁枝，所有的枝叶都向上生长，而且紧紧靠拢。站在树下仰起头来，树叶郁郁葱葱，心形的叶子在太阳照射下银光闪闪，只要有风轻轻吹过，叶子便哗哗作响。冬天到了，白杨树会脱去美丽的绿衣服，光秃秃地站在白雪皑皑的大地上，一场雪过后，披上了洁白的外衣，枝条上落满了亮晶晶、毛茸茸的雪，像冰晶，像银条，那么洁白，那么美丽。

五六个住得近的孩子集合到一人家里，周鹏飞从车后备箱里搬出一米多高的活动白板，补课开始了。"大家听明白了没有？"每讲一个知识点，周鹏飞总要环顾半圈，从孩子们的眼睛里探究进度，看是否要继续讲下一个知识点。从白板前望去，有人捧着书看上面的笔记，有人低头思考解题思路，专注的神情就像努力吮吸雨水的小树。

补课的间隙稍事休息的时候，孩子们一起来到白杨树下，淘气地摇着树干，雪块儿落在孩子们的头上，滑进他们的脖子里，他们大叫着向远方跑去。有的孩子堆起了雪人，用胡萝卜做鼻子，用地上捡的小石子做眼睛，用家里闲置的水桶倒扣过来做礼帽，很快一个漂亮的雪人便呈现在眼前。周鹏飞喜欢和孩子们打雪仗，他们三人一伙两人一组开战了，雪球在空中呼啸着飞来飞去，穿梭其中的人影躲来躲去，被击中的人往往发出"嗷"的一声大叫，然后更加卖力地挥舞手臂扔出"报复"的雪球，肆意的大笑声震得树枝微颤，堆积在树枝上的雪如花瓣飘落下来，在阳光下像扇着金色翅膀的蝴蝶。

穿过白杨树枝间的一束束阳光，就像一根根闪光的琴弦，好像谁一碰，就会发出"叮叮咚咚"的声响。

白杨树给世界带来整洁、美丽，更给孩子们带来了欢乐。

第六节　山海之间，我等你

下课铃响了，周鹏飞瞥了一眼窗外，合上书，双手扶在讲台的边缘上，说："同学们，这节课就上到这儿，晚自习别忘了来'打卡'。"

晚上七点多，位于走廊尽头的教师办公室门虚掩着，门缝里透出来的光像一道闪电，在地面上投射出一个狭长的倒三角。

周鹏飞的办公桌前早就排起队伍，三五个学生拿着书本，正在等着向他请教疑难问题。

每讲解完一个难题，周鹏飞就在事先设计好的表格上找到学生的名字，紧跟在后面打"√"，俗称"打卡"。

"打卡"的起因，要从周鹏飞蹲守教室后窗观察说起。他发现孩子们上午上课时还支棱得像棵刚喝饱水的小树，到了下午就东倒西歪，像被太阳晒蔫、被风沙吹倒了一样。

周一到周五，九年级学生都是住宿的，到了晚自习时间，教室里一排排的小脑袋们更是自顾自地歇息了。对同学们来说，课本上的字像一串串小飞虫飞来飞去，为了将它们摁住，要费好大功夫，仿佛每个字都特别不安分，一个个在那儿飞着，吵着要换地方。

"有什么提神的好办法吗？"周鹏飞灵机一动：晚自习容易走神，既然很多学生都坐不住，那就起来交流一下，让他们到办公室与自己进行"一对一"答疑解惑活动。每天一"打卡"，一月一总结，给那些"打卡"次数多的同学一定的奖励——带他们去银川市内看电影。

别看学校门口就有去银川市里的公交车站点，但是很多孩子没走出过月牙湖乡，所以这个奖励在孩子们眼里可是闪闪发光的。

十二月初的一天，周鹏飞带着孩子们去了一趟银川大融城，看电影，吃火锅，滑旱冰，玩了整整一天。

回来的公交车上，周鹏飞在打着盹，路是颠簸的，人像坐轿子似的，很容易被晃得犯困。车子进了山，上坡下坡，迂回兜转，挨坐在一起的孩子们跟手风琴似的，忽而挤紧了，忽而甩开去。他们把这看作坐过山车一样的游戏，每成片地倒伏一次，就发出很兴奋的"嗷嗷"声。

《赤狐书生》是我看过的最好看的电影，里面的哈妮克孜真漂亮。"一个男生把屁股挪了一下，直了直腰板，调整了坐姿，眼睛眯起来，仿佛前面就是电影幕布，那些电影里的情节清晰可见。

"你就看过一场电影，还说看过的最好看的电影，吹牛！"周围的孩子们忍不住笑话他。

"周老师给我们买的冰激凌太好吃了，我看到那个小姐姐怎么做冰激凌了，一手把着开关，一手轻轻转着蛋卷筒，那个冰激凌就落到筒里了，卷卷的，像个旋风。"一个女生把一只手握成拳，比画着做冰激凌的动作。

车一直在行驶，好像始终没有跑出大山的怀抱，连绵的山脉线条曲折，当你望向山时，山也在回望着你。

周鹏飞用余光瞥了一眼满脸泛着红光的孩子们，扶了一下自己靠在车窗上的额头，那因颠簸而产生的发胀感不知什么时候消失了。还记得第一次坐这辆公交车时，他特别讨厌这条既颠簸又危险的路，后来走得多了也就慢慢习惯了，现在他已经可以完全忽略路况、车况，沉浸在与孩子们相伴的世界里，或沉迷于美景，或沉醉于音乐，或沉溺于美梦。

车窗外随处可见成排的白杨树，摇着手臂在向后退。支教的日子里，周鹏飞好像习惯了这种笔直的树时不时出现在视野里，山间、乡野还有操场。它们不追逐雨水，不贪恋阳光，哪怕在板结的土地上，只要能给它们一点水分，它们就会生根、抽芽，装点黄土地，撑起一片绿色。它们不需要人去施肥，也不需要像娇嫩的草坪那样被浇灌，只要不挥刀斧去砍伐，给它们一点宽松的环境，让它们呼吸自由的空气，它们就会挺拔向上，随遇而安，与世无争。当土壤里还透着冰碴，春风中还夹着寒意时，它们的枝头已经冒出翠绿的嫩芽，每一片嫩芽都是努力向上的，绝不弯腰祈求，更没有媚俗的面孔。

眼前的树影渐渐模糊成一片，周鹏飞进入了一个梦境：刚才还坐在身边兴奋地手舞足蹈的孩子们，站了起来，越长越高，高得探出了公交车的车窗，一个跨步就蹿了出去，变成了拉着手围成一圈的白杨树。树继续生长，枝丫慢慢变长，行驶的车子被这些变大的树枝擎在了半空中，枝叶投下的阴影像伞一般笼罩着大地，阴影又变成了小草和一些不知名的小花，花花绿绿地铺了一地，风沙被挡在白杨树围成的绿屏风之外，这里就成了一片鸟语花香的绿洲……

一阵手机铃声吵醒了他的睡梦："我是快递员，你这会儿在学校吗？有一个物流大包，嚯，我们几个人费了好大劲才把它搬过来，需要签收一下啊。"周鹏飞马上揉了一下眼睛，看了一眼手机里的物流信息——从青岛发来的包裹，为学校筹集的新书到了！原来周鹏飞发现，支教学校的图书资源不是很充足。前段时间，他通过母校青岛科技大学联系到青岛育才中学和青岛十七中，这两所学校捐赠了上千册图书，还有爱心组织提供了书架。

"一会儿到了学校，你们几个能不能当临时搬运工啊？"周鹏飞转过头，向孩子们卖了一个关子。

"老师，我刚才听到你有大包裹，你买了什么东西？"一个男孩问道。

"到了你们就知道了，反正得费你们不少力气呢。"周鹏飞故作神秘。

经过几天的布置，一间崭新的图书室就在这所地处偏僻的中学里建成了。书架上密匝匝的书脊，亮晃晃地耀眼。

图书室的墙上贴着"打开心锁 阳光进来"八个大字，孩子们排着长队借阅，捧着书本蹲在角落里爱不释手。没有课的时候，周鹏飞经常待在图书馆里，整理书籍，帮同学们填写借书单。

一天中午，正是学校午饭时间，图书馆里静悄悄的，周鹏飞看到一个女孩在一个书架旁边站了好久，翻看一本书入了迷。这是一个打扮干净的女孩，校服里套着雪白的立领衬衫，一个马尾梳在脑后，从肩膀上滑落下来。周鹏飞走过去一看，她看的是老舍的《骆驼祥子》。

"老舍写这本书还跟青岛有关呢。"周鹏飞也很喜欢这本书，关于它的背景资料也了解了不少。

听到耳边突然响起的声音，女孩抬头看到周鹏飞，眼睛里露出一丝明亮的光："老师，你不是从青岛来的吗？"

"嗯，我来给你讲讲老舍在青岛的一些经历吧。"周鹏飞的声音很轻，在图书馆里像一阵微风飘出来。

"老舍是 1934 年来青岛的，在国立山东大学教书，但只工作了两年。他来山东大学是应当时的校长赵太侔所邀。1936 年主政山东的韩复榘一方面对学生运动不满，另一方面为控制山东大学领导权，借故将经费缩减一半，使山大经济陷入困难。赵太侔在'内外'交困之下，不得已黯然辞职。赵太侔的离去，让老舍对山大也无留恋之意，随之也辞职离开了学校。"女孩一边点头，一边把书合上，周鹏飞的眼神随即看向窗外，他继续讲道，"但老舍没有离开青岛，而是在黄县路的一处寓所里开始了《骆驼祥子》的创作。据老舍后来追述，祥子的故事是在 1936 年从山东大学的朋友那儿听说的。朋友曾雇用过一位车夫，这位车夫开始买了一辆洋车，但又卖掉了，再后来又买了一辆。然而，买来卖去依然很穷。朋友充满同情的讲述在老舍的脑海里留下了深刻的印象，祥子的形象由此产生。其间老舍还听朋友讲了另外一个车夫的故事，这个车夫被抓壮丁后几经磨难，最后牵回了三匹骆驼，算是发了笔'小财'。这故事让祥子的形象在老舍心中变得更丰满。于是《骆驼祥子》没用多长时间就问世了。"

"老师，老舍是不是不舍得离开青岛？那里一定很美吧？青岛是什么样子？海是什么样子？"女孩仰着头问道。

"海很辽阔，看不到边，就像这里的山也看不到尽头一样。"

周鹏飞把视线从远处拉回，满屋子的书香让他感到踏实。一年的支教即将期满，几天前，周鹏飞拿出自己两万多元的支教工资，为学校捐助了一块智慧黑板。他的心里一直有一个美好的愿景，将来有一天，一个个陌生又熟悉的身影走进大学，走到他面前，自豪地对他说："老师好！我是您的学生……"

第七章 守艺人

如果说海鸟跨越的是距离的天
堑，那么非遗传人穿梭的便是时空
迢迢。

守艺，链接古老工艺的密语，
打开落在光阴里的秘密盒子，惊扰
一地尘埃。阳光充沛，光影像长
出了一层薄薄的绒毛，时间的傲
影，被重新锻造。

第一节 丢单了，心疼

2021年新年的第一场雪，如柳絮般细细飘落。

从空中俯瞰位于青岛平度市中心附近的东阁街道即墨旺村，幽幽现河从西、北两个方向将其环抱，村子依旧保持着整齐划一的四合院形态，仅容一辆车穿行的条条道路将它纵横切割，规整如井然有序的棋盘。平地而起的排排高楼正从四围逼近，它们日夜俯身，向脚下这座静谧的城中村庄投以专注的凝视。

刘伟的面塑工作室就位于村中，这方他从小生长的天地，不久后将要被拆迁。

一上午，刘伟都在平度市老年大学录制面塑网课视频。"当你抬起胳膊，这里不是平的，是有一个肌肉凸起的。"镜头前，刘伟屈起自己的胳膊，又伸展开，反复几次，演示着面人应该怎么塑造肌肉的流线造型。

录网课花费的时间少，一堂课基本不到三十分钟就录制完成了，从脑袋，到身躯，到四肢，从眼睛，到耳朵，再到手指头，泥人塑形的步骤就像连环画一样，在他脑子里一页一页翻过，只需一一复述即可。

大多数情况他上的都是面对面教学的课，去高校给面点专业的学生们教授塑形，教老年大学的老年人如何捏一个简单的面人，那样的课要费时多一些。不光要讲课，还要手把手为学生们做纠正。

做面人总归是一门艺术，只要是和艺术沾边的行当，不看年纪大小，不看男女性别，关键是看悟性。他教过的一众学生里，有人第一次拿起一团面，几下就能捏出雏形，神态塑造很得要领。也有人学了半年甚至一年，做出来的东西仍然扭扭捏捏。

一个人与一门艺术的距离，真的是有那么一点儿偶然天成的缘分。

中午11点多，刘伟急匆匆返回家里，推开院子的铁皮门，先是"吱扭"一声，后继"咣当"一声。一进门，左手是一间十余平方米的工作室，这是用库房改造的，再往里走是院子，院墙边堆满包装盒，白色的盒子横七竖八摞满了靠墙的架子，这些大小不一的盒子是用来包装面塑的。院子中央横着一个一米多长的藤沙发，沙发上躺着一只暹罗猫，听到有脚步声传来，它并不急着抬眼皮，毛茸茸的小耳朵抖动了几下，只懒洋洋地发出一声"喵——"，算是对主人回家的回应。

沙发旁边是花架，架子上绿意盎然，铜钱草长势茂盛，翠绿的叶子像一只只小手，迎风打着招呼。还有花花绿绿的多肉植物，一簇一簇地生长在五颜六色的花盆里。

刘伟穿过院子，推开正屋的门，屋子里靠墙放着一张工作台，各种工具散落，杂乱无章。屋里暖气袭来，顿时感觉像披上了一件裘皮大衣，刘伟这才发觉两只手有点发木。"许是开车回来的路上，被方向盘冰着了。"他心里想。双手合十快速搓动几下后，手指这才恢复了生气。

"嘀——"口袋里的手机震动，一条短信传来。刘伟掏出手机，屋外屋内有温差，屏幕上蒙了一层雾气，一时看不清字迹。他握起袖口擦了擦手机屏幕，几行小字才显山露水：按照防疫要求，原定××商场的非遗大集临时取消。随着视线左右移动，他眉头慢慢蹙紧，轻轻叹了口气，就像给这条信息结尾处画了个省略号。

这个商场位于青岛市李沧区，参加活动来回得两三个小时，活动组织方只给报销路费。虽然舟车劳顿，路上挺折腾的，但刘伟很看重这类进商场的销售渠道，闹市客流量大，他的面人一天卖上百八十个不成问题。若是碰上有心的客户，留下联系方式，待到节点时定制一批面人，有可能就是一笔上万元的大单。

正月，本是面塑艺人最忙的时候，但疫情防控要求趋严，商场为减少人员聚集，原本计划好的活动屡屡被取消。刘伟和妻子都是全职面塑艺人，哪怕一笔很小的收入，丢了单都会觉得心疼。

刚想放下手机，铃声又响起，屏幕来电显示"老婆"两个字，接通后电话那端先是传来玩具钢琴的弹奏声、孩子咯咯的笑声，随后是妻子急促的声音："过几天学校都放假了，该在朋友圈里发招生通知了，微信上发给你了，有空看一下。"

"哦，我刚进门呢，歇口气。"挂断电话后，刘伟翻看微信，妻子已将招生信息简单编辑成一段文字：利智泥面塑寒假班定于 × 月 × 日开课，上课时间为……

看完短信，他马上转身，折返回大门口旁边的工作室，发出寒假班通知前，他要整理一下杂乱的工作室，以便孩子们聚集在此上课。

工作室里，靠墙一面的橱子橱门上画满了一条条笔迹弯曲的标记，标记对应着一些两三个字母组成的名字拼音缩写，那是他从小带到大的一批弟子的身高标记。

"有几个小孩从上幼儿园开始就来跟着学面塑，现在身高都快赶上我了。"看着孩子们留下的有趣标记，一张张认真的小脸浮现在眼前，刘伟会心一笑，心里嘀咕一句："这些小调皮。"

寒假班原计划是上周六开班的，但是临近年关，各路媒体都赶来采访，刘伟一星期就接待了五六家媒体，分身乏术。电话里他试着缩短采访时间："你们 ×× 报社可以和 ×× 电视台一起过来采吗？"

"不行，两家一块采，镜头会穿帮。"媒体联系人断然拒绝。

第二节　动画师

　　印象中的面塑手艺人多是戴花镜的老者模样。"80后"刘伟，形象颇为"特立独行"：长发沿着头顶的弧线向后扎在脑后，编成精致的小辫，戴一副银色边框的近视镜，镜片是时兴的六边形状，室内光下，镜片是茶色的，室外强光下，镜片会变成墨色。他经常上身穿一件墨绿色的半高领毛衣，下身穿一条印花牛仔裤，裤腿宽宽大大，走起路来呼呼啦啦作响。

　　说起新潮青年为什么要做这个面塑老行当，还要追溯到十几年前。2005年刘伟22岁，刚刚大学毕业，在一家韩国公司从事二维动画制作工作。

　　彼时，"非遗面塑艺人"的名头离他还很遥远。

　　公司接的都是国际订单，像日本著名动画《名侦探柯南》、美式动画《成龙历险记》等。每天伏在拷贝台上，刘伟日夜不停地画着手稿。

　　原稿一般从海外发来，含几个片段画面，比如发来10帧和20帧两页画面，就需要补充画出10帧和20帧之间的画面。画完了翻动手稿，画面中的小人就动起来了，如果哪里出现卡顿、不流畅，就需要停下来仔细查找，找出是哪两帧之间的问题，再进行修改。

　　在动画公司里，大家要严格执行按时交稿制度，老板通常会把汉堡之类的快餐买来放在桌子一角，动画师们饿了就拿上啃一口，然后继续干。刘伟的最长工作时间纪录是连续37个小时，实在困了就把画稿往旁边一推，趴在办公桌上，枕着手臂睡一会儿，睡之前跟旁边的同事打个招呼："我眯一会儿，20分钟后叫醒我。"

为了练习手指稳定性，动画师们还经常进行魔鬼训练：在一张空白纸上画横线，一根接一根，密密麻麻排列，直至画成黑压压一片，远看纸张像涂了漆黑的颜色，细看才发现这片漆黑是由一根根很细的线无间隙排成的。如果手抖了，哪一根线画弯了，就要从头再来。"A4纸大小，一天能画完纸的一半就算不错了。"

那时，刘伟经常做一个梦，梦里执一支个头比自己还大的笔，脚下是无边的画纸，他费力地抬起画笔，边挪动步子边画直线，每画一条线都使出了吃奶的劲儿，而那些直线终连成无边无际的海洋，突然变成了汹涌的波涛，向自己扑过来，他连呛几口水，就淹没在这片漆黑的海里……

经过几个月的魔鬼训练，刘伟终练成了手画直线的"神功"，手指、手腕和胳膊浑然一体，可以如机器手柄般运动，精准无误地在纸上游走。只是他那时还没想到这一功夫将来要在面塑上发挥大作用。

那段时间，身体被严重透支，刘伟的头发经常大把大把脱落。但是，他并不觉得累，他痴爱动画，迷恋那些动漫人物。当年的画稿还被整整齐齐地收藏在一个盒子里，变形金刚擎天柱、骑马穿盔甲的穆桂英、长鼻子的匹诺曹、眼神里闪着智慧之光的柯南……这些精灵古怪的动漫人物仿佛能跟他对话一般，那些加班的夜晚也被照亮。

其实，刘伟从小就是个出了名的动漫迷，那时候没有网络，喜欢的动画片不能反复观看，每天放学后，他总是飞快地跑回家，眼巴巴地等在电视机前，动画片到点开播，《圣斗士星矢》《西游记》……都是那时热播的动画片。

做了三年动画师，三维动画兴起，利用电脑就可以轻松完成制作工作，手绘动画师刘伟失业了。

此后，刘伟在不同的城市里求职。他先在济南一家培训机构给高中生上辅导课，搞了两三年动画教学；回到青岛后，又在西海岸一家寄宿制学校从事了两年教务管理工作。寄宿制学校不能随便出校门，刘伟觉得工作太过枯燥："这不是我想要的生活。"他的脑子里总有一个想法在回荡。

2013 年，刘伟辞职回了平度老家，他有一个创业计划——让喜欢的动画形象走出纸面，变成立体的。

"什么？橡皮泥也能挣钱？"刘伟最初是想用轻黏土塑造动漫形象，母亲是外行，看到刘伟手里花花绿绿的材料，她第一感觉就是这都是小孩子过家家的玩意儿。

"试试吧……"妻子当时还是女朋友，曾经跟刘伟一起在济南做培训老师。她望了一眼刘伟，那个坚毅的眼神她太了解了，便不再说什么。她是个温顺的女人，向来不会提什么反对意见，她想支持刘伟创业，但是这轻黏土能不能变成钞票，她心里也是没底的。

站在身边的两个女人都是品性温良之人，只要是刘伟想要尝试的东西，她们都不太会反对，这也"助长"了刘伟大胆的探索精神。他像驾驶一辆急速赛车的车手，在一个路口被一个想法召唤，突然一个转弯，就变了道。

摸索了一两个月之后，刘伟发现轻黏土塑形后容易膨胀，他在网上查资料时，注意到了面塑这一古老的行当。

文献资料显示，汉代已有面塑的文字记载。南宋孟元老《东京梦华录》中记载："（寒食）前一日谓之'炊熟'，用面造枣锢，飞燕，柳条串之，插于门楣，谓之'子推燕'……又以油面糖蜜造为笑魇儿，谓之'果实花样'。"当时面点有人物、鸟兽等，可谓"奇巧百端"。

我国很多地方流传着逢年过节庆喜时用面粉做饽饽、枣花、面鱼、面羊的风俗，这些面食一般蕴含祝福之意。

看到这样的描述，刘伟脑海中浮现出老家平度农村过年时的情景，每家每户也会用面做各种"果实花样"，既好吃，又好看，还蕴含着求吉纳福的祝愿。

随着面塑在民间流行，慢慢地也就出现了专门的捏面人的师傅，他们把面捏成各种人物、动物，再摆到街市上，沿街叫卖，那些彩色的面人逐渐成了专供欣赏的民间工艺品。

对于面人师傅，刘伟更觉得亲切，他小时候在庙会上见过推着一个陈旧木箱子的面人师傅，摊前插满一根根竹签，五彩的面人就立在竹签上。最常见的面人就是西游记里的人物：孙悟空腾云驾雾；猪八戒扛着钉子耙，坦露圆肚皮；唐僧神情自若，持杖而行……面人师傅像变戏法，围在摊前的小孩子们露出半个脑瓜子，只需报出自己喜爱的面人形象，便立等可取。

刘伟试着摸索，把轻黏土换成面粉，把面粉和成面团，再掺入颜料，彩色面团在双手的揉搓拿捏间，化作一只只飞禽走兽或是一个个神仙仕女，栩栩如生。"这太神奇了！"刘伟忍不住发出感叹。从那一刻起，他决定要做一个面塑手艺人。

可是传统的面塑是有局限的，刘伟记得这些街边摊上的传统面塑，拿回家放个两三天就会干裂。虽是大名鼎鼎的非遗，却没有系统的教科书传授技巧，面里到底该加些什么材料，什么配比，没有资料可以参考，全靠艺人自己摸索。

比如网络资料中的这句话：捏面塑用的面是由三成糯米粉和七成白面掺和而成的，需要加适量的蜂蜜、甘油，甘油有防裂功能。适量是多少？蜂蜜和甘油谁多谁少？完全没有章法可寻。

那段时间刘伟家里全是试验的面团，很少下厨的他跟着妈妈学习和面，水和面相融，用手轻轻搅拌，力道要控制得刚刚好。和好一团面，切分成均等的小份，有的放在冰箱里，有的放在太阳下曝晒，刘伟观察它们在冷热不同环境下的开裂程度、稳定程度，一一记录下来，慢慢摸索出一个最佳的配方。

在制作面塑时，刘伟还进行了一些创新，比如有意识地少加水，利用胶剂让原料更油润，以此让面塑拥有橱窗工艺品的雅致感。

面塑中的颜色虽然有千万种，但是常用的基本色只有七种：红色、橙色、黄色、绿色、青色、黑色和白色。红色和绿色会变化成褐色；红色和黄色会变化成朱红色……调出的复色和基本色再次调和后，会出现更多的复合颜色。面团重量及配比不同，面团颜色深浅程度也就不一样，经过揉匀、调色，制成各种彩色的面，只有正确熟练地掌握面团颜色的调配技巧，才能使其色彩多变，使面塑作品达到更佳的艺术效果。

好在刘伟是美术专业出身，调配颜料变幻色彩，他得心应手。

光是研究面团配料和色彩融合，刘伟就琢磨了几个月，终于摸索出自成一派的路子。

在一个寂静的深夜，他在一个配比方案后面画上对勾，这一页的前面，是一行行失败的方案，密密麻麻的方案后面跟着一排排"×"号，排除了种种排列组合后，刘伟终于得到了属于自己的面塑材料，这相当于在成功路上走了一半。

他真想大喊一声庆祝一下，就像装修了好久的店铺马上就可以开张做生意了一样，需要劲爆的音乐来助兴。但他只是嘴巴张大，把声音生生压了回去。窗外圆圆的月亮洒了柔和的光线进来，照着工作室里高高低低的橱子，遇高则明，遇矮则暗，橱子都是无声的观众，在光线里击掌相庆。

第三节　我的布老虎，可以不一样

　　把散落在桌子上的面塑作品摆上展示架，把塑料小板凳捋顺，一字摆放在桌子旁边，将用剩的面团碎块收拢进垃圾桶……整理了一会儿工作室，刘伟终于能坐下来歇口气了。

　　这时，肿胀多天的腮帮子一鼓一鼓，提醒他：嘴巴里的龋齿抽搐地疼。他从桌子上拿起一个药盒，打开纸盖，抽出一片锡纸药板，挤出三颗甲硝唑药粒放进嘴里，就一杯水吞咽下肚。按理来说，应该去医院好好治疗处理一下，但是最近实在忙得脱不开身，去一趟医院，切开牙龈放脓、塞药，过几天还要遵医嘱换药，来来回回就是好几趟折腾。

　　"面塑课开课了，请大家帮忙转发，欢迎小学员们来体验非遗面塑。"一只手的食指和中指隔着腮帮子压住肿胀的牙龈，一只手的食指在手机键盘处左左右右移动，刘伟敲下几行信息，发在平度市民间文艺家协会的群里。这个群里聚集了很多非遗民间手艺人，有葫芦烙画者、核雕者、剪纸者等。

　　"恭喜刘老师开新班，已转发。"很多热心的手艺人在信息下面接龙回应着。

　　"恭喜刘老师开新班，已转发。"高旭萍也在一长串回应中敲下一行相同的信息。和刘伟年纪相仿，高旭萍凭借做布老虎的手艺刚刚被评为平度市级非遗传承人。

高旭萍是一名小学美术老师，做布老虎是从 2019 年开始的。那时候学校倡导老师们组织特色的社团活动，高旭萍就想到了自己的一门手艺：奶奶和妈妈都会做布老虎，耳濡目染之下，她 6 岁就能缝制一个完整的布老虎了。于是高旭萍在学校里开设了手工社团，教孩子们缝制布老虎。

第一期手工社团班 20 个学生很快满额，手工社团开课了。课堂上，高旭萍在黑板上写写画画，绘制着初始缝制的轮廓，给孩子们分解要领："肚子是一片布，身体是两片对称的布，耳朵要用两种颜色的布，耳内和外耳的皮肤是两种不同的颜色，四片布分别搭配，两两对缝起，就是耳朵。"高旭萍戴一副黑框眼镜，镜腿是暗红色的，头发向后梳成一个发髻。

她声音柔和地问道："大家看明白了吗？"布老虎的耳朵虽然是个小零件，缝起来却是最烦琐的。这一部分的讲解，她有意放慢速度，慢慢从孩子们眼中解读是否听明白了。讲台下坐着的小学员们点点头，眼睛不眨地盯着她手里的布，仿佛那是一只飞舞的风筝。

等到孩子们自己拿起针时，虽然表现各异，但都充满创作的热情。大部分孩子都是第一次拿针，有的一节课结束了都没把线穿进针里，却倔强地拒绝高旭萍帮忙。让高旭萍意外的是，缝得最好的竟是一个胖胖的小男孩，别的孩子都是一针扎下去，再从背面扎回来。这个男孩子看了一眼老师的针法，就会把布叠成褶皱，连穿几针。那几只圆鼓鼓的小指头像胡萝卜一样钻上钻下，很是可爱。

手工社团很快就成了学校的热门社团，每次上课，窗外都挤满好奇的孩子们，一下课他们就围着高旭泙问："老师，还招人吗？我可以报名吗？"

上过手工社团课的孩子们则拿着自己缝制的布老虎，骄傲地走在同学们羡慕的目光里，家长们也都很惊讶，有的发朋友圈炫耀：不知道自家孩子还会这样的营生！

一堂缝制布老虎的课在校园里这么受欢迎，是高旭萍没有想到的。

刘伟的面塑班也聚集了一批小粉丝，就在发出招生信息后不到一天的时间里，小学员就报名了接近 20 人。放假后的第一个周末，面塑班开班了。孩子们像一群小鸟叽叽喳喳涌进空间并不大的工作室，踮起脚尖在一进门的橱子上标记自己的身高。

"老师，你看我长个了呢。"有小学员刚来上课的时候还在上幼儿园，现在已经是初中生了。

"嗯，你个子长了，手艺更是长了呢。你刚来那会儿捏的小青蛙我还给你留着呢。"面对孩子，刘伟格外有耐心。他在济南做培训教师时，年终学生们给老师打考评分，他的评分总是最高的。

"老师，我想做个玲娜贝儿，你可以教我吗？"工作室里，刘伟做的迪士尼卡通形象玲娜贝儿带着卷翘的尾巴，有着绯红的脸蛋，很受小女孩的喜欢。

"你刚来学，可以先做个简单的多肉植物，慢慢掌握技巧了，再做复杂的玲娜贝儿，好不好？"刘伟院子里的多肉植物很多时候是作为静物"模特"，供小学员们观察并进行塑形的。

"老师，你看我做的熊大像不像？"

"熊大的身体要再圆一些，太扁了就不那么强壮了。"刘伟比画着自己的肚子，给孩子做演示，把他们逗得哈哈笑："老师，你的肚子不够大，要多吃点啊。"

每年寒暑假给孩子们上面塑课，都是刘伟最享受的时光。他和妻子组织孩子们上课的时候，三岁的女儿就在教室里穿梭着，偶尔坐下来捏一团太空泥，圆圆的荷叶，绿色的青蛙爬在上面，黑不溜秋的小蝌蚪在水里游走，充满童趣。小院里满溢孩子们的欢笑声，他们像蹲落枝头积雪的一行麻雀，正在展翅撒欢。

和孩子相处很简单，好还是不好，刘伟会直接说出来。这样单纯直接的表达方式，孩子们喜欢，也让刘伟回归到生活本真。

"老师，我的老虎想闭上眼睛睡觉，我可以不做圆眼睛的老虎吗？""老师，我不想给老虎做尖牙齿，那样不可爱。"与刘伟面塑班上的小学员一样，高旭萍的手工社团课堂上也经常有小学员提出自己异于传统手艺的想法。她欣然一笑："孩子们，布老虎可以有很多模样啊，你们可以按照自己的想法做自己喜欢的样子。"

两个年轻的非遗传承人都是"80后"，他们的课堂上都没有古板的"面孔"，他们鼓励孩子们在传承中创新。传统的东西也不是一成不变的，随着时代的审美发展可以有多变的面孔。

说到非遗，以前人们很容易联想到子承父业、家族流传，或是师徒相继、门户紧闭，这样可以专注规范却也容易狭隘藏私。现在大家心态开放，乐于分享，信息流通快，只要愿意学，网上搜索，就能找到专业人士请教，还有视频可参考，从这个角度来说，传承不是越来越困难，而是越来越顺畅了。

高旭萍平时不但教授小学员，还把这门技艺教给很多老师同行。其他学校的美术老师来她的学校顶岗交流时，她都会把布老虎制作这门技艺倾力相授，老师们回去也可以在自己学校里办布老虎的手工社团。在高旭萍的老家——平度新河，布老虎本来就是家家户户都会做的工艺品。

不管是刘伟还是高旭萍，年轻的非遗人热衷于传授，并不吝啬于分享，他们在孩子们身边播种传承的希望，把对非遗的热爱放在时代的大格局之下，让这些非遗技艺能走进更多的寻常人家。

第四节　挑灯打磨夜

摸摸虎头，吃穿不愁；摸摸虎背，荣华富贵；摸摸虎嘴，十全十美……高旭萍从小听着这样的童谣长大。在她的家乡平度新河，家家户户的小孩一出生就有一个属于自己的布老虎，那是陪伴自己长大的小伙伴。

每年正月里，炕头上集合了邻里邻居的大姑娘小媳妇们，她们坐在一块一边聊天一边做布老虎。高旭萍记得老人们做的布老虎比较简单，身体浑圆，四肢并不分明，鼻子是一个简单的圆球或者三角形，用棉花填充让它在面部凸起，从而立体起来。在布的反面儿抹上一层糨糊，使这块布更硬一些，以便剪成圆片形状，这便是老虎的眼睛。

谁家小孩过百岁了，或者孩子出生后第一次从奶奶家回姥姥家，坐的牛车、马车上都要放一个布老虎，用来"压车"。缝布老虎的线也很有讲头，从每家每户讨要一根线头，凑成百家线，这样做成的布老虎寓意长命百岁。

当地人手巧，还流行手工编织，寒暑假里像高旭萍这样上学的孩子，都是聚在一起用玉米包衣编筐子、垫子，大人们拿到集上卖了钱，补贴家用。淳朴民风里长大，高旭萍受到了民间艺术的熏染，这是一片自然的沃土。

中考的时候，美术老师找到高旭萍的妈妈，商量让她考美术相关专业。妈妈都惊呆了："从来没见我闺女画过画呢。"民间艺术早已渗入高旭萍的血液，那年美术中考，全校仅有三名同学通过，高旭萍就是其中之一。

老一辈人做的布老虎比较淳朴，虎脸大，眼睛小，有时候不太讲究比例。现在市面上可供选择的布和彩线品种都非常丰富，经过系统美术专业学习的高旭萍，开始将布老虎当作艺术品来改良。

她家位于一楼的储藏室被改成一个工作室，堆满了各种样式的布老虎。高旭萍时常把它们一一拿起来端详：老虎的鼻子上是一个五彩葫芦，葫芦上还绣了福字——这是一个福禄虎；额头上绣了一个蝙蝠的形象，位于虎眼睛上边——这是福在眼前的寓意；鼻子是葫芦造型，里边用针线绣上了点点葫芦籽，代表多子多福；鼻子是松针的造型——这是一只常青虎。在改良造型的同时，高旭萍还保留了布老虎传达美好寓意的传统。

离春节还有几个月，高旭萍就开始赶制布老虎，以便年底拿到各种展会上销售。每天从学校下班后，高旭萍就带着还在上幼儿园的小女儿扎进工作室，母女俩围坐在五颜六色的花布面前，一针一线地缝制布老虎。

夜幕慢慢降临，周围的建筑和树都变成了深蓝色，唯有工作室的一盏灯亮着橘黄色的光，屋子里的人影手臂一下下上扬，穿针引线的模样看得真切。

刘伟比高旭萍着手准备得更早一些，离春节还有四五个月的光景，刘伟就开始琢磨创作虎形象的面塑了。接下来是虎年，这样的生肖面塑定制，他每年都会接好几个大的单子，多数是单位定制的有特色的年礼。

他先是比照真的老虎做了几个逼真的虎出来，再给虎配上丛林和山石的背景，以体现百兽之王的威猛。

"有点凶，放在家里的话，反正晚上我不敢盯着它看。"作为第一鉴赏者，媳妇提出了异议。

"凶一点，不正好镇宅？"刘伟捧着这件作品端详了一阵，转脸问媳妇。

"还是要做得可爱一点，吓哭小孩怎么办？"媳妇开玩笑地说，随即把目光瞥向身旁的女儿，她正趴在一堆玩具旁边，敲着一面小鼓，咿咿呀呀唱着自编的儿歌。

做一个虎的面塑，逼真了反而不叫好——这是个有趣的问题。刘伟的手指在桌子上轻轻点着，手掌托在腮下，陷入深思——"那就做一个萌虎。"既然逼真的老虎面塑摆在家里显得有些凶猛，那就把它卡通化。

近些年，面塑的创作越来越精细和写实，更符合年轻人的审美。艾莎、变形金刚、美人鱼、玲娜贝儿……这些面塑都卖得很好。面塑，这门"东方的雕塑艺术"辗转民间数千年，逐时代浪潮而从容蝶变，在融入现代生活后散发出别样魅力。

拨子、梳子、篦子和剪刀——各种面塑工具一阵上上下下飞舞，面团在指缝里忽隐忽现，一印、二捏、三镶、四滚几个步骤下来，刘伟设计的萌虎面塑渐成雏形。萌虎们忽闪着长睫毛，丝丝胡须都纤毫毕现。有的仿照招财猫的动作，一手举着铜钱，一手拎一个"招财进宝"的红色竖幅，合不拢的嘴巴里露着虎牙，圆滚滚的肚子上梅花状的肚脐凸出来。有的萌虎戴着领结，有的萌虎吐露肉红色的舌头扮鬼脸，有的萌虎是一张囧字脸，有的萌虎前脚撑地，后脚仿佛要空翻，头顶还有"嗷呜"两字。"萌虎"替代"猛虎"，样品一出来，就被几家单位看好，他们立马订制了一批货。接下来的几个月，伏案通宵赶订单是刘伟的日常。

开脸是最难的，即使做一样造型的面塑，每次开脸后的形态都会有差异。十只老虎会有十个模样，百只老虎会有百个模样，虽大致雷同，却有细微差异。开脸是一件运气事，有时开脸能开得神态如生，有时就开得没有活力。刘伟常常对着一案桌的老虎们感叹。

工作台前，刘伟手中拿着面块，捏、搓、揉、掀，几个步骤连贯利落，随后用两三个尖头、扁头不一的工具反复点、切、刻、划、挑……只几分钟，一张脸的鼻子、嘴巴、眼睛，甚至细致到双眼皮，就浮现在面皮上。一个面人从无到有，获得了不羁的灵魂。

不同于倒模制作的千篇一律，开脸考验的是手艺人对题材的理解和诠释。刘伟做八仙面人时，专门买书研究了一星期八仙每个人的故事经历。琢磨透了，做出的神态才能对路。

"这个门神造型就比另一个好，因为他的屁股更翘，腰线显得更挺拔。"端详着自己塑的门神，刘伟喃喃自语。

桌子上的两尊门神是刘伟花了一个月才做完的。凤目长髯者为秦琼，手执双锏。环睛虬须者为尉迟恭，手执钢鞭。二人相对而立，均顶盔掼甲，悬剑背旗，袍带扬起，威仪非凡。

二将头戴帅盔，内着绣袍，外披铠甲，腰悬弓韬。这些内外穿搭皆须由艺人一层一层制作，好的艺人能将衣袍做出飞扬之状，兼有"吴带当风"之妙。

做门神的要领还在于细节，只见二人胸前皆绘有仙鹤，与周围所装饰的流云纹相互呼应，画面整体繁复华贵，细节亦细腻丰富。

"这个门神盔甲的花纹，是拿拖鞋底印上去的……"想起自己的这个小创意，刘伟就忍不住想笑。虽然做面塑时有很多印花模具，但刘伟总是努力发现并利用一些不起眼的小物件，把生活的气息赋予面人。

打磨作品的同时，往往也在打磨自己，这是一个反复跟自己较真的过程。虽不比铁杵磨成针的倔功夫，但多少个挑灯打磨的夜晚，一张砂纸下尘埃纷落，手艺人执着于艺术品的创作，万千缜密的心思就此显露无遗。

第五节　急不得

2013年正月，刘伟第一次体会到春节的忙碌。他精雕细琢的面塑初登摊铺林立的糖球会就赢得青睐。"我摊位前排队的人明显比别的摊位多。"很多人拿着自己心仪的图案找刘伟定制，有猫狗爱宠，有动漫人物。"行，你半小时后来取吧。"刘伟应承着，不时交出精美的作品。

彼时虽已立春，气温却仍在零下，逛会的人都是帽子、手套全副武装，一开口就哈出白色雾气，被众人围裹的刘伟手指如蝴蝶翻飞。"那氛围让你浑身都是劲儿，一天能挣一万五六千块钱啊，怎么会觉得冷呢？"

那几年，是刘伟面塑生意的春天，糖球会收摊的第二天就要开始准备做下一年糖球会的面人，像一些十二生肖造型的面人，每年都不变，可以先做出来。在糖球会上结识的不少老客户经常找刘伟定制面塑。"说好哪天就是哪天，催也没用。"刘伟这样回复催单的主顾。接一笔订单前，刘伟会预估完成时间，要得太急的订单他会婉拒。做东西的时候刘伟手机都设在静音上，任谁打来催单的电话，他都视而不见。

"很多作品还是做得太急了，急着要把它们变成钱，细节没处理好。"潜心搞艺术和变现生存之间总有一定的矛盾，刘伟意识到自己的艺术细致劲儿越来越被损耗。

见识过一些高手做的面塑，细节处理到了"大象无形"的境界，说不出哪里好，就是看一眼就能记住。所以，刘伟一直想要做一件东西，让人看一眼就能记住它。

"能记住"是一种境界，要达到这样的境界，听起来简单，却不是技术"参数"达到后就能实现的，这也是刘伟现在面临的瓶颈："你的作品和你是平视的，只有自我突破一定的境界，做出来的作品才能上一个台阶。"

每个艺人都有自己的天花板，突破自我不仅需要勇气和信念，还需要有涅槃重生的磨砺，急匆匆赶路的人是无法抵达更高一层境界的。

女儿尚年幼，自己和妻子都是面塑艺人，生存的压力就在刘伟眼前，但他每年还是会给自己留一个月的时间，不接或者少接商业订单，做点自己想做的东西。比如现阶段，他想把《仕女图》做成面塑。

"文官的胸，武官的肚，老人的背脊，美女的腰。"面塑手艺人中流传这样一句老话，说的是一些人物的塑形难点和关键点，这决定了人物能不能活起来。细眉樱唇，纤细腰肢，滑若凝脂的肌肤与透明的薄纱，倚风无力的姿态，冷静寂寥的神韵，柔和恬静的美感，都尽在一刀一刻的表达里。艺术与生存，刘伟努力平衡着两者的关系。

转眼又快过春节了，寒冬腊月，小院里的植物却葱郁茂盛，一只叫奇奇的暹罗猫在悠闲地晒太阳。它前腿向前伸直，后腿懒洋洋地摊在尾巴两侧。它的身体是象牙色的，脸、耳、腿、脚、尾是巧克力色，鼻子为褐色。它将细长呈楔形的头伏在前腿上，头盖平坦，从侧面看，猫儿的鼻梁高而直。两只碧蓝色的眼睛是杏仁形的，从内眼角至眼梢的延长线，就像画了精致的眼线。刘伟喜欢奇奇的灵性，通宵赶工时它会伏案陪伴，地上的圆球它会追着玩耍，对几案上的动物面塑，它则蹑足小心绕行，顶多好奇了上前嗅一下。

天气好的时候，刘伟会爬上梯子，攀至屋顶，端一盆猫粮，轻轻敲打盆沿，清脆的响声在小巷里穿行，四处的猫儿得令般聚拢而来。站在屋顶，没有遮挡，身边风、阳光拥抱得更紧密，城中村的安静可以沉淀烦躁的心。

第六节　忙　年

大年三十晚上六点多高旭萍才赶回家，刚参加完商场的新春非遗展览活动，她从车上拎下来两麻袋东西，走进一楼的工作室。

高旭萍从麻袋里拿出一个个布老虎，重新摆到工作室一面靠墙的架子上。布老虎大小不一，小的可以立在手掌上，大的有一米多长。布老虎的眼睛圆圆的，是用不同颜色的布叠加的，眼睛的外圈和内轮廓层次分明，炯炯有神。眼睫毛用彩色的丝线绣制，显得活泼灵动。这些布老虎都是高旭萍利用业余时间做的。

三年时间做了上千个布老虎，高旭萍的工作室里已经摆不下太多的布老虎了，经常需要把它们放进编织袋里存放。

高旭萍最开始做布老虎时，家里人并不是很看好，母亲有些司空见惯："在老家，家家户户都做这东西，没见谁能卖钱的。"老公开玩笑地说："谁要买你的布老虎，你得请人家吃饭啊。"老公虽然嘴上没说鼓励的话，但是默默把一楼仓库打扫出来了，让高旭萍可以在里面画画，做布老虎，有个自己的工作室。

每天下班吃完晚饭后，高旭萍就带着小女儿一头扎进工作室，妈妈做布老虎，小女儿就在旁边做粘贴画，从六点多一直做到晚上八点左右，一般一晚上能做一只布老虎。

每次一只布老虎完工，女儿都爱不释手。夏天邻居们出来遛弯，路过高旭萍的工作室，女儿就会兴奋地给邻居们介绍："这是我妈妈做的布老虎，你们喜欢吗？"当看到有人也很赞赏，女儿就很高兴地把妈妈的布老虎当作礼物送出去。

高旭萍做的布老虎大部分都送人了。每年正月或者端午假期，跟着民间文艺家协会进商场展销，也能卖几个，最贵的一只卖了五百元，那只布老虎一米多长，做了一星期才做完。

到目前来说，应该是花的比赚的多。高旭萍算了一笔账，买布料、填充棉、装饰线都是开销。有时候进一家布店，这块花色的布买点，那块花色的布买点，就得花上好几百。有些布买回来，做一个布老虎出来，觉得花色不合适，就扔在一边再没用过。一年买材料要前前后后花费好几千元，而卖布老虎一年总共挣不到一千块钱。

现在流行的网络销售，高旭萍也考虑过，但是太占精力了，得在线直播卖货，还得处理售后，实在不是一个人干的活。如果跟人合作，还得分成，一个布老虎本身就定价不高，卖个六十元、八十元的，利润也不多。况且这些布老虎都是自己手工缝制，花费时间长，也供应不上大规模的销售。

作为布老虎的非遗传人，高旭萍经常有机会与不同的非遗传承人参加活动，进行交流，烙画葫芦、木雕、核雕……越来越多的非遗工艺品被发掘出来，匠人们抹去它们被时光封印的尘埃，极具魅力的审美内核穿越时空而来。对高旭萍来说，传承非遗是一种责任，没有非遗传承人这个头衔之前，做布老虎就是个爱好，做不做主要看心情和自己的时间。有了这个头衔，她会觉得不忙活就不应该，有责任让传统和技艺被更多的人关注和认可。

大年三十晚上，刘伟还在工作室里赶工，手起刀落，他手上的一个门神正在慢慢显出轮廓。春节期间，门神面塑也很畅销，秦琼、尉迟恭两位大将相对，分持鞭、锏，手托金钱，寓意年年如意、岁岁平安。半米高的一对门神能卖到一千多元，这个定价刘伟是根据耗时来算的，像小的萌虎，一两个小时做一个，定价一百元左右，一对门神耗时两三天，就卖一千多元。

有大师做的门神一个就要价七八万元。刘伟时常要面临这样的尴尬：名号响当当的非遗面塑手艺人，从爷爷辈就开始做，品牌价值自然高，东西卖得也贵。但像刘伟这样自学成才的非遗艺人，名气没有打出去之前，挣的都是辛苦钱。

2021年腊月里，刘伟接到一单生意，是去五星级酒店的自助餐厅门口现场做面人，分给就餐的客人，中午两个小时，晚餐三个小时，一共挣了一千三百元。活动到晚上八点半才结束，天下起大雪，从市区到平度原本一个半小时的路，刘伟走了四个多小时。高速封路，只能走小路返回，地面滑得像镜子。在一个拐弯处，刘伟的车打滑，原地转了两个圈，幸好当时没有别的车经过，否则就危险了。等赶回家，已经是次日凌晨一点钟。

一个手艺人用生命的耗时来标定自己作品的价值，这是一个深陷漩涡的魔咒。"我的生命一共才有多少小时，我能做出多少东西来？这样算就不值钱了。"

为了提升自己的知名度，刘伟要抽出时间担任一些社会角色：平度市老年大学面塑专业教师，青岛黄海学院艺术学院外聘导师，平度师范学校外聘导师……他带面塑作品去参加比赛，"仕女人物"曾荣获中国工艺美术博览会暨文化旅游商品交易会银奖，"八仙献寿"获青岛民间十大匠人最佳设计奖……

他还曾尝试网络直播卖货，平台让他一天呆够八个小时，才能获得几百元的佣金。"不停地讲，好烦啊。"他烦躁地抱怨着。没有团队帮忙，刘伟初试直播以失败告终。"其实，我不是个喜欢热闹的人，我是人群中喜欢躲在角落里的那类人。"放弃直播后，他反思道。

拆迁中的村子，小巷安然。站在小院里，抬眼望向附近的高楼，静巷与闹市好像就差了一道院墙的距离，它们都是生活的轨道，默默前行，时有交集。

第八章 黄河大合唱

循着古老手艺穿越时空隧道，就会发现：一部文明史，半部水历史。水，集于草木而藏于万物，它哺育了人类文明。"逐水而居"几乎是所有生命体生存与繁衍的本能。"黄河之水天上来，奔流到海不复回"——美丽而古老的黄河，是中华民族的摇篮。人类与水共栖，古有大禹治水，今有引黄济青工程，一条黄金渠将黄河之水引入干涸之地。伟大的建筑诗篇发出长歌咏叹，千万劳动人民谱写了一曲磅礴大气的黄河大合唱。

第一节　缺水的青岛

　　"理发不洗头，麻雀喝柴油。"一首打油诗，引出了三十多年前青岛缺水的记忆：居民用水限定每人每月一立方米，超标不供。背山面海、湾滩辉映的青岛，百年来却饱受淡水资源匮乏之苦。

　　彼时，在青岛，有很多"不准用自来水"的规定：不准用自来水建筑施工，不准用自来水浇花浇树，不准用自来水冲刷车辆……

　　缺水使青岛经济建设连续受挫。水，像一条沉重的锁链，制约了青岛市的发展，锁住了青岛市经济腾飞的翅膀。

　　彼时，生活在青岛市区老四方筒子楼里的滕明正值青少年时期。如今说起来，他依旧对"打水难"的日子记忆犹新。

　　年少记忆中，家中永远备着水桶和水缸，一栋筒子楼十四五户人家共享一个公共水龙头，一把锁头挺立，水龙头被锁在简易的框箱之内，钥匙由专人看管，每日只在指定时间开放供水。供水时父母常常是在工作，因此每日排队打水的"重任"就交给了兄弟三人——对于不到十岁的孩子来说，这个任务属实沉重，一桶水装满后足有四五十斤，而家中那口水缸至少要来回排队七八次才能打满。

　　对城市居民来说，水不用"抢"，却要"等"。焦急排队时只能等待如小拇指般粗细的水流慢慢灌满一桶水，在规定时间内没能打够水，就要等待次日供水时早点去排队。

青岛的缺水问题，始终牵动着党中央、国务院及山东省委、省政府的心。

1979 年 7 月，邓小平到山东视察。在青岛，当他看到几辆消防车不时在疗养区内来回穿行时，不解地问：这是干什么的？身边的陪同人员回答：青岛夏季缺水比较严重，疗养区需从外面运水进来。邓小平听后指着干涸了的喷池说：这么好的风景，没有水就把名声败坏了，条件不具备先不要开放。他还认真询问了青岛居民饮水、工业用水等问题。当得知居民饮水难时，他心情沉重地说：一定要让老百姓有水吃，青岛连水都没有，搞开放旅游业是不行的，无法接待外宾，要赶快解决水的问题。

1982 年 1 月，国家城乡建设部会同山东省有关单位，在青岛市联合召开了青岛市水资源讨论会，正式提出了"引黄济青"的设想。

1984 年 2 月，山东省计划委员会、建设委员会又召开了青岛城市供水方案论证会，省内外数十名专家、学者进一步确认了跨流域调引黄河水的方案。

1984 年 7 月，党和国家领导人及国务院有关部委负责人和专家学者视察黄河后，在济南召开"引黄济青"工程方案汇报会。会上指出，青岛是开放城市，要实施"引黄济青"工程，把黄河水调到青岛，采取明渠方案。

同年，山东省政府向国务院上报《关于兴建山东省引黄济青工程的报告》，并附送《山东省引黄济青工程设计任务书》。

1985 年 10 月，国务院正式批准了引黄济青工程方案。

黄河，一条桀骜不驯的巨龙，将广洒甘霖造福齐鲁大地。黄河落天走东海，万里写入胸怀间！

第二节　愚公移山

"滴水贵如油，天天为水愁。"青岛市平度市南村镇兰底河北村村民官林刚至今还记得小时候传唱的顺口溜，吃水大事是伴随村民们半生的难题。

虽地处素有"青岛的母亲河"之称的大沽河支流清水河畔，但因特殊的地质条件以及降水量稀少等气候因素，这一带成为远近闻名的缺水重镇。

20世纪六七十年代，村子里最贫苦的人家也总有几只水桶。扛一根扁担，挂两只铁皮桶，村民们日日成群结队前往村中唯一一口大井旁打水。这口深约几十米的井供着全村六百多户、两千多口人吃水。

大旱年间"抢水"的场景仍历历在目，村里终年下不了两场雨，井水不够分，有些人家半夜十二点就去井边排队打水，一只水桶经绳子放至井深处，左摇右晃，一桶水就被拎上来了。井水见了底，去晚的人往往无水可打，村民就顺着梯子爬到井底，用水瓢将浑浊的余水珍惜地收集起来。

一次两桶水，这是官林刚一家六口人一天全部的用水，碰上极旱年份，这两桶水要吃几天。"洗脸水再用来洗脚，洗完脚还可以浇门口的菜园子，衣服几乎不洗，洗澡更没想过，那点水就用来做饭……"在水资源极匮乏的年代，人们不挑不拣，"下雨天沟里的积水也有人抢"。

井水口感"苦咸"，洗过手后手上残留着黏腻的感觉，官林刚咧嘴露出自己一口发黄的牙齿，说："我们从小吃这个水，含氟量太高，牙都'乎黑乎黑'的。"

人无水可吃，地里的庄稼就干等着老天降水。在南村镇，只有少数农业大户打得起农田机井。受制于地形，当地一口机井往往要打至地下一百多米深。而打井更像一场赌博，不少农户花费上万元，最终打出的却是无水"死井"。

"我们兰底99%的农民靠天吃饭，我那时种了四亩地，最旱的年份一亩地收了不到一百斤玉米，还是别人浇地的管子里漏的水流经的地方，长了一溜玉米。"而在雨水丰沛的年份，官林刚的每亩地里，小麦、玉米产量能达到一千两百斤到一千三百斤。

"眼睁睁看着庄稼旱死"，是兰底河北村大部分农民至今提及仍心痛的回忆。

听说要挖水渠，村民们都高兴坏了。在引黄济青工程流经的沿线村镇里，几乎每位村民都会提起三十多年前这项伟大的水利工程，他们为自己曾是见证者、参与者、贡献者与如今的守护者、受益者而感到自豪。"全是人工一铁锹一铁锹挖出来的。"参与沿线蓄水河建设的官林刚回忆道。

1988年秋，包括兰底河北村在内的十几个村的村民们齐心协力，聚集在村庄七千米外施工。值得一提的是，曾令当地村民们头疼、导致打井困难的浆板岩此时却大放异彩。引黄济青的终点蓄水水库——棘洪滩水库恰恰是就地取材建设而成的，不易透水的浆板岩，正是适宜水库建坝的天然材料。

这一年，输水河土方开挖工程摆在沿线各县市指挥部面前，工程建设已到了最后的攻坚阶段。

二百五十三千米输水河，靠什么凿通？靠机械？那时各地市的生产力水平极不平衡，有的县根本就没有几台挖掘机。靠工程投标？开挖输水河的预算有限，大型机械无特殊情况根本就用不起。

彼时开挖输水河，只有一条路可走，那就是广泛发动人民群众，用人力一锹一筐地累积，挖通长二百五十三千米的输水河道。这是一场空前的大会战，简直就是当代版的愚公移山啊。

仿佛一夜之间，近百万名民工开赴水渠施工现场。工程预算费用有限，百万民工能拿到手的补贴，有的还不够一天的生活费用。

1988年秋收刚结束，胶州二十余个乡镇办事处的六万群众，在同一时间向同一地点集结。这是怎样一种情景，拖拉机、马车上坐满了男女老少，装满了铁镐、铁锹、铁锨等工具和铺盖卷等日常生活用品，浩浩荡荡，行进在乡间的土路上。

大家吃在工地，住在工地。用秫秸一挡就是工棚，随地挖一个灶坑，就是厨房。胶州段十六多千米的土方开挖工地上，彩旗飘扬，男女老幼齐参战，开展了激烈的劳动竞赛。工地的广播喇叭随时表扬好人好事，报告各乡镇办事处的施工进度。热火朝天的劳动场面，激发了饱满的劳动热情和干劲。许多人创造了日开挖土方量的纪录。"土方王""推车王"的桂冠不断被新人摘走。胶州段的土方开挖工程仅用十五天的时间，就胜利完工。

平度段输水河全长五十五千米，战线较长，开挖任务十分繁重。1987年开挖输水河，市里原定正月十五日以后开工。时值天寒地冻，施工难度很大。在这样的气候条件下施工，保证劳动力到齐是按时完成任务的关键。不少人认为，彼时和五六十年代不同了，农村实行了家庭联产承包责任制，各户都有自己的生产项目、责任田，出工是一个令人担心的问题。

可事实却相反，人们听说引黄济青工程要开工，纷纷报名表决心。有人说："自改革开放以来，农业连年丰收，农村商品经济迅速发展，农民已开始过上了好日子，这全是党的好政策带来的。想想过去，看看现在，我们的心和国家贴得更紧。党指向哪儿，我们就干到哪儿。"

春节刚过，正月初五，各乡镇的民工冒着刺骨的寒风上阵。十万名民工云集。朱家庄村有一位六十多岁的老人，带领全家九口一齐上阵。工地上，新婚夫妇同劳动、祖孙三代争高低的动人情景随处可见。平度市许多"老水利"目睹这动人的情景后感慨地说："咱们的群众多好啊！开挖输水河，民工们自带干粮，自备工具，风餐露宿，睡工棚，啃咸菜，一天十几个小时的繁重体力劳动，而一天补助却只有五角钱！干起活来，摔锨、抡镐、推车，那场面，那干劲，真感动得让人掉泪！"

淳朴的人民群众，奏响了拼搏奉献时代的最强音。

人民群众的心血与汗水铸就"黄金之渠"。1989 年 11 月 25 日，引黄济青的建设者们迎来了工程竣工通水的欢乐时刻。隆隆的机器声消失了，火热的施工场面不见了。展现在人们面前的是一条横跨齐鲁东部的输水长虹。古老的黄河啊，滋润着中华大地，哺育着中华民族，而今它又悄悄地向东延伸了二百五十多千米，驰骋流进棘洪滩水库。12 月 9 日 16 时 25 分，棘洪滩水库启动放水洞南洞闸门，向青岛市区送水。

此后，青岛形成了以黄河、大沽河、白沙河三大水源为主的供水体系，城市日供水能力由二十万立方米提高到五十万立方米，困扰青岛近半个世纪的缺水问题基本得到解决。

倘若没有百万军民的无私奉献和顽强拼搏，在当时的生产力水平制约下，要想在短短几年时间内建成如此浩大的工程，是不可能的。历史将铭记百万军民所建立的伟大历史功勋！

滨州市博兴县，引黄济青工程渠首的所在地，这里坐落着引黄济青工程三十六平方千米的沉沙池。黄河水奔腾咆哮着穿过引黄济青第一道闸门，旋即冲向一个巨大的方池。在这里，它那股桀骜不驯的野劲消失了，变得温顺了。沿途千山万岭挟裹而来的滚滚黄沙，静静地打着漩涡，沉入水底，清澈的黄河水向青岛流去。

输水河自沉沙池出口至棘洪滩水库全长二百五十三千米，经由博兴、寿光、寒亭、昌邑、高密、平度、胶州、城阳等地，跨越小清河、潍河、胶莱河、大沽河等三十多条河流，堪称"造福于人民的工程"。

黄河之水滔滔，是运动的音符，而建筑是凝固的历史，见证了一个火热的时代。一座座建筑上斑驳的纹理，像永恒的文字，记录下了那些披星戴月的奋斗故事。

如今的引黄济青沿线，春有花，夏有草，秋有果，如今冬有绿。花园式的管理所、管理站被输水河串起来，由西向东连成了一条斑斓的彩练，形成了山东东部的绿色林带。鸟在这里栖息，鱼虾在这里繁殖。在沉沙池，在棘洪滩水库，天鹅常常光顾；在潍坊市的白浪河、弥河一带，人们见到了自生自长的毛蟹。

在齐鲁大地上，千千万万人民群众，在 20 世纪末，创造了跨流域、长距离的引黄济青调水奇迹，在中国水利史上写下了浓墨重彩的一笔。在 21 世纪，引黄济青工程的管理者们充分发挥引黄济青工程的价值，创造出了更大的社会效益、经济效益。他们把水源源不断地送向胶东半岛，用母亲之乳滋润齐鲁东部，续写着齐鲁大地的伟大文明！

第三节　年轻人来相会

2022 年夏季的一个午后，炎热的空气像凝固了似的，王瑶端着自己的饭盒缓步走出食堂。

几只机灵的猫儿迅速围拢过来，目光紧随着王瑶手中的饭盒移动。王瑶一下子开心地笑起来，眼睛弯成了弯月牙，嘴角的弧度扬得越高，内心的欢喜也愈加明显，仿佛整个世界都亮了起来。她将几块自己留下的鸡块轻轻放在猫群中间，随即引起了一阵争食的小骚动。

"来，这是你的。"她轻声说道，一边蹲下身子抚摸着一只被挤出进食圈的小猫。猫儿似乎感受到了王瑶的爱意，用湿润的小鼻子蹭了蹭她的手背，发出满足的呼噜声。随后它扬起脸，细细"喵"了一声。"别急，慢点吃。"王瑶摸摸它的脑门回应道。

王瑶记得刚来到这个泵站时，生活条件的艰苦和工作的枯燥让她倍感压抑。好在有这些流浪猫的陪伴，它们成了她和同事们排解寂寞的好伙伴。每当夜幕降临，结束了一天的工作后，大家就会聚在宿舍楼前，与这些小动物一起玩耍，暂时忘却工作上的疲惫。

回想三年前，王瑶研究生毕业后，顺利考入了山东省调水工程运行维护中心平度管理站亭口泵站管理所。她第一天来报道时，站在泵站楼旁的宣传栏前，上面贴有几张输水地图和一些文字资料，想到自己以后将常年驻守在这里，她仔细端详起这些图文信息，那些文字像黑色的音符一样有序地跳进她的眼睛——

　　亭口泵站作为引黄济青工程输水干线第四级泵站，也是客水被引入青岛后到达的第一个泵站。如果把引黄济青的输水渠比作血管，那泵站就像是心脏，通过泵站将上游奔流而来的水"拔高"六米多再输出，让水顺着水渠流向下游。从最初的黄河水，到2014年南水北调工程通水后调引的长江水，亭口泵站融合了两条江河的水源，有效保障了青岛市区的用水需求。

　　那天，在新员工入职仪式上，所长刘正江微笑地打量着这一批"90后"年轻人，他们就像春天的风一样朝气蓬勃。刘正江随即低头若有所思，话语里流露出感慨："我刚来这儿工作的时候，也像你们这么大，刚满二十岁呢。"站在队伍里的王瑶看着刘正江，只觉得这个领导腰板挺直，说话时一脸认真严谨的模样，那时她还听不懂刘正江话里的深意。

　　泵站地处平度市亭口村，周围几里地连个小卖部都找不到，门口的马路上最常见的是往来于城乡之间的运输货车，几米高的庞然大物轰隆隆地一啸而过，扬起一地尘土。

　　泵站内倒是干净整洁，院子里梨树、苹果树、海棠树等果树飘香，依水渠而建的凉亭古朴精致，泵站俨然一座花园。办公楼后面有成排的宿舍，泵站需要24小时值守，值班时大家都住在宿舍里。

　　在这里工作了三年，王瑶渐渐理解了所长当初的担心，这里地处乡镇，没有娱乐消遣，时间长了年轻人自然觉得枯燥乏味。好在年轻人总有办法，空闲时间大家就逗猫解闷。

　　王瑶喂完流浪猫后，便走向泵站楼。沿路花坛里的凤仙花仰起红彤彤的笑脸，尽力散发香气，几只蝴蝶在花儿头顶飞舞。一只吃饱饭的橘猫跃跃欲试，它弓起身子，收敛爪子，沿着一行冬青树轻身轻脚地走，让这些绿叶子掩护它，缓缓地、悄悄地接近蝴蝶。

机敏的蝴蝶连忙腾起身来，像断了线的风筝，倏地飞远了。未料蝴蝶会做出如此警觉的反应，橘猫先是停住了脚步，耳朵高高竖起来，动了两下，然后就撒开四条腿飞奔过去。远远看到橘猫要冲过来，王瑶停下脚步，给它让出一条奔跑的路线。

"加油，大橘！"王瑶被它逗乐了，看它在眼前的草丛里腾身一跃，身下带起的一团碎草被扬在半空中。

下午轮到自己值班，王瑶走进泵站的主厂房里，跟同事交接。一排机器正在厂房的轰鸣声中运转，新型自动化设备各司其职。通过智能计算机监控系统，机组的各项实时运行数据，如温度、转速、水位、电压等在中控室的大屏上清晰罗列。

"你去吃饭吧，我来盯着。"王瑶坐在值班室的座椅上，身旁的同事眼睛不眨，仔细查看这些数据，确认数据变动在正常范围内。

"肚子都叫半天了呢，稍等，我写完这一行。"同事没有急着离开，而是在泵站值班记录本上的"工程运行情况"一栏，工工整整地写下了这样一行字：12 时 15 分，水塘水闸开至 2.5 丝。

"泵站的工作就是要'丝丝计较'，1 毫米相当于 100 丝，一台机组维修起来，主轴安装精度要达到丝级精度。"想起所长刘正江经常絮叨的一句话，王瑶的眼神一下子"收敛"起来，望向大屏的眼睛里透着严谨。

"12 点 15 分，水流是 22m/s 的流量。"查看大屏数据后，王瑶开始记录，这个数据表示：一天有近 200 万立方米的水经过这里流向青岛市区。

泵站上游水渠没有泄水口，机组一旦停止运行，如果处理不及时，水位会迅速上升，造成严重事故，后果不堪设想。值班人员时时监控设备运行数据，每两个小时还要把所有设备检查一遍，24 小时值守，节假无休。

所长的脚步声从走廊里一路传来，刘正江走进值班室："王瑶，通知一下大家，下周要大修机组，都准备一下。"

"好的，刘所，我马上通知。"王瑶应声道。

为保障调水机组安全长久运行，机组运行三四年就需要大修一次。修一次大约需要四十天，零部件要重新测量、组装，大修一般在七八月份调水修整期进行，大家干一会儿活，全身的衣服就湿透了，都能拧出水来。

刘正江有"全国水利能手"称号，大修机组是他的绝活，全国水利系统内他都算得上是专家。

"刘所，大修你得带上我，这回我要近距离看仔细了，那些零件，你是怎么看一眼就能知道是啥故障的。"听到要大修，一个小伙子站起来，机械专业毕业的他对刘正江崇拜有加，他扶着黑框眼镜，学着刘正江俯身修机器的模样。

"你这说话也太夸张了，一看能知道故障，你以为我是雷达？"刘正江被他逗乐了。

"大修是需要经验积累的技术活，有时要靠听力，有时要凭感觉，结合测量、计算，才能诊断、评估甚至预判问题。"刘正江指向窗外，故意板起脸来，"你好好学习，没事多下去看看老机组，零件在哪个位置，都要印在脑子里！"

窗外的院子里，摆放着刘正江引以为豪的"老伙计"——工作了三十多年的老机组。每天路过这里，刘正江总是忍不住瞅几眼，刚来泵站的时候，这组机组正在安装调试呢。工作三十多年，刘正江的多半春节是在泵站中守着他的"老伙计"度过的。

近年来，随着青岛供水量的不断增长，客水调引趋于常态化，每年客水调引输水时间由最初设计的七十天延长至现在的二百四十余天，新的大功率机组更适合现在常态化调水需求，老机组去年"退役"后被摆放在泵站的院子里，作为一件工艺品展示。

虽然运行了几十年，但刷了新油漆的老机组闪着光，一看就是被精心护理的模样。它伫立在院落里，默默地承载着岁月的更替。每当人们路过它时，总能听到风贯穿齿轮孔隙发出的嗡嗡哨响，一如它当年在机房启动时，整个厂房都会回荡着它隆隆的呼吸声，它仿佛在诉说着那些荡气回肠的故事。虽然它已经无法与现代的先进机器相比，但被当作展品在院落里亮相时，它仍然保持着坚韧和高昂的姿态，让人心生敬意。

老机组的叶片，有的地方因水流气蚀形成了凹坑，涂了一层灰色的釉质保护层。这是一种高分子涂料，2003年机组大修时，刘正江大胆创新，引进了一种高分子材料进行叶片及叶轮外壳气蚀修补，使机组橡胶轴承寿命延长了两三倍，目前这种修补技术已在引黄济青沿线各站推广。

离开值班室时，刘正江突然想起来什么，转身对王瑶说："通知大家，别忘了今晚上有读书会，不值班的都来参加吧。"

"收到，刘所，我今天都把书带来了呢。"王瑶回道。

刘正江有个习惯——手不离书，他还在泵站里建了图书馆，每季度都会组织员工读书会，他有自己长远的打算：来这里工作的年轻人多了，值班人员多是"90后"，泵站地处乡村，周围连买日用品的商店都没有，值班时间不能看手机，晚上回到宿舍也没什么娱乐设施，培养他们爱读书的习惯，也许可以让他们更好地适应这份枯燥的工作。

读书会开始的时间总是选在傍晚时分，当一天的工作告一段落，夕阳洒在泵站的金属结构上，金色的光芒与蓝绿色的水面交相辉映，营造出一种宁静而温馨的氛围。读书会的参与者们或是泵站的工程师，或是维护人员，还有几位来自管理团队的职员。他们换下工作服，穿上便装，带着对知识的渴望，聚在一起。

王瑶在工作群里发了"今晚有读书会"的通知，群里顿时热闹起来，大家纷纷接龙回复"收到""期待""一定参加"。

读书会固定被安排在泵站一间开阔的会议室里，偌大的空间布置得既简约又温馨。墙上挂着几幅描绘水流和自然风光的画作，书架上摆满了各种书籍，从工程技术到文学艺术，从历史哲学到现代管理，应有尽有。一张长桌摆放在房间的中央，周围是一圈舒适的椅子，桌上则是一些茶点和饮料，为即将开始的读书会增添了几分惬意。

入夜，读书会热热闹闹开场了，夏日的虫鸣像是它的和声。"我最近在读一本叫作《黄河变迁史》的书，它被誉为'系统研究黄河问题的一部巨著'。"王瑶在读书会上热情地分享自己的读书心得。

"我最近读的一本书叫《植物的斗争》。"一个年轻人说。

"啥斗争？"刘正江没听清楚，又问了一遍。

"植物，斗争，"年轻人重复了一下关键词，"植物没有大脑，却有超级智能，它们放弃移动，却能反击同类……总之是一本很有趣的书。"

"这么厉害的植物，你查查都有啥，把它们种在咱院子里，咱们泵站刚被评为省级花园式单位，多种点花草。"刘正江一本正经地说笑着，他转头看向王瑶，"你养的那些小猫儿，也能跟植物较量两下。"

王瑶努努嘴，反驳道："刘所，听过植物大战僵尸，没听过植物大战小猫的！"

大家听了这对话都笑得前仰后合，笑声如同涨落的潮水，一波接一波地涌向天花板，似乎连灯光都被这欢乐的氛围所感染，变得更加明亮。

窗外水渠里清水潺潺，像升腾着的一支旋律，读书声朗朗，机器声铿锵，都与之相和。

第四节　新机器，给力

　　建设时期的尘埃渐渐淡去，如今的棘洪滩水库依然像一颗璀璨的明珠，备受珍视保护。

　　潮湿的空气中夹杂着阵阵凉意，棘洪滩水库管理站水质保护科工程师胡钢强轻车熟路地拉拽着采水器，不一会儿就将它拉到了离水面11米高的廊桥上。水面静谧，水质检测仪一次次轻轻探入，揭开一个个深邃的蓝色秘密。

　　胡钢强戴一副银色框架眼镜，长得又高又瘦，利用胳膊长的优势，将采水器高高擎起，麻溜地收好了绳线，精准平稳地将水分装到各个采样瓶中，整个动作行云流水，一气呵成。

　　不远处，一台水泥浇筑机正在工作，养护工人们攀爬在搭起的木架子上，往坝体上的砖块缝里填补水泥，此举不但可以加固坝体，也可以防止土层渗水，达到节水的效果。

　　作为青岛最重要的地表饮用水水源地，棘洪滩水库的水质保障极为重要。水库的水质监测团队承担起了对水质定期进行检测的任务，是水库的"水质医生"。团队里最年轻的"医生"，是"90后"的胡钢强。

　　不论是父母还是身边的朋友，大家都觉得胡钢强这个检测员的工作，是穿着白大褂，在实验室里跟各种仪器和瓶瓶罐罐打交道。

　　其实，水质监测的第一步，也是非常重要的一环，便是采样。目前水库内有很多自动监测站，分布在库区不同的位置，可监测水温等多个项目。受自动监测设备及气象条件等因素影响，自动监测并不能达到相应的精度要求。所以水库的水质监测，仍以人工监测为主。

棘洪滩水库的汛期一般在每年的五月至十月。在此期间，水库的水质监测员们每周都要乘着监测船，走遍分布在水库中的监测断面、采样点，监测水质情况。

采样，就是把水库里的水用采样器打出来。采样器是一个下方带有胶管的透明圆筒，采样时要在采样点把采样器下沉到指定位置。每个采样点分为三个深度，分别为表层、中层、底层，每次采样，一般会有六至八名监测人员共同进行。

现场监测项目有六个，包括水温、pH 值、电导率、溶解氧、浊度和透明度。打开样品袋，掏出瓶瓶罐罐摆在甲板上，胡钢强和同事们会把采集到的水库水分装在贴着不同标签的采样瓶里，然后带回实验室。

对于胡钢强来说，外出采样是一件令人激动的事情。不论是乘坐快艇还是专用的水质监测船，在水面上航行的感觉很棒，他会闭上眼睛，享受着水波的轻拍和船身的摇晃，感觉自己变得无限渺小，仿佛置身于一个巨大的摇篮里，这真是一种特别的放松方式。

水质检测员，是对天然水、用水和废水的物理性质、化学性质及生物性质进行检验和评定的专业人员。水质检测员并不是一个新兴的职业，随着人们对水质的重视程度逐渐增加，水质检测员这一职业也应运而生。以棘洪滩水库为例，作为青岛重要水源地之一，早在刚建成时，就有水质监测人员对水库水质进行定期检测。

但多年以前，取水采样的工作并不具备现在这样的便利条件。

胡钢强经常听师傅们说起那些"开着柴油船在水面漂一天"的日子。以前到水库中央采水，用的船还是烧柴油的普通机动船，船上没有洗手间，在水库取水要大半天。所以每次去采样，工作人员都不敢多喝水。

随着环保意识的逐渐建立，水库的船只全部换成了新能源动力船，管理站还引进了快艇，方便工作人员快速到达指定点位。船上不仅有洗手间，还有放置采样物品的船舱。快艇刚下水那会儿，老师傅们都争着抢着要去采样，好试试那个快艇坐起来到底啥感觉。

当然还有一些工作，仍然需要检测员进行一定的体力劳动，比如检测挥发酚。

挥发酚是一种有毒物质，检测这种物质时，检测员需要拿着分液漏斗匀速摇动。5分钟，摇300下——这是基本操作要求，也是对腕力的考验。有一整年的夏天，胡钢强每天都在练习这个检测项目。练习的每个5分钟都十分漫长，像被拖长成大半天的时光。一边摇瓶，一边计数，每计100下，就像爬山的人好不容易躬身爬过了一道坎。

有一次集中进行水质监测，他摇了十几个瓶子的样本。当时还没有太大感觉，只记得手腕出于惯性一直保持着飞快摇摆的状态。但是晚上回到家，疼痛如同潮水般涌来，甚至连每一次心跳都似乎在加剧这种痛苦。他可以清晰地感觉到手腕的每一个关节都在抗议，每一次尝试去使用手腕，都会引发一阵尖锐的疼痛，手腕仿佛在龇牙咧嘴地抗议，它已经到达了极限。关节连带着每一寸肌肤都仿佛在燃烧，那种疼痛如同影子般紧紧跟随，热辣辣的疼痛让胡钢强无法集中精力做任何事情。

从那以后，胡钢强养成了戴护腕的习惯，大夏天也不曾摘下来。戴的时间久了，那护腕仿佛和身体融为一体，洗澡或者洗手时，摘下护腕，能明显地感觉到风钻进骨缝里乱窜。

收集完水样，胡钢强带着一众家什，往水库旁边的实验室走去。阳光照在水面上反射出的强光，刺痛了眼睛，胡钢强边走边拉低帽檐来遮挡阳光。

他还记得自己在2019年冬天来这里报到的第一天，还没看到辽阔的水面，就被巨大的水坝震撼住了。如今胡钢强发现，自己看世界的角度也有了变化。

以前是"看山是山，看水是水"，但现在每次路过什么其他水域，他都忍不住将其和棘洪滩水库的水比较一下。

如果这条河流的水并不深，泥沙少，同时水质状况良好，那么河水会比较透明清澈。但是如果照射在水面上的光线发生变化的话，河水颜色也会改变。比如夕阳西下的时候，河水的颜色远看会是橘红色。河流中某种藻类植物也会影响河流的颜色，河流的颜色会变成这种水藻的颜色，或者是接近。比如夏季天气炎热，水中鱼腥藻、念珠藻等藻类大量繁殖，水会变浑浊，变成铜绿色。还有些水域因为特殊矿物质的存在，也会呈现流光溢彩的变幻。比如九寨沟的五花海，五花海呈现鹅黄、墨绿、深蓝、藏青等颜色，水中富含钙离子是其五彩斑斓的重要因素之一。可见水域的颜色并非一成不变，受诸多因素影响，会呈现多种色彩。

从事环保工作，是胡钢强刚进大学时就确定的事。选择水质检测员这个职业，让他的理想从空中楼阁变成每日的具象工作，取水，检测，周而复始又丝毫不能有半点差池。

他还记得自己参加工作时第一个挑战就是在实验室里用滴定管取液体，但是试管里的取量他一直控制不好，不是多了，就是少了。他长长叹一口气，原来这么小的事情，也要靠多多练习才能做好。

裤兜里手机铃声突然响起，走在路上的胡钢强接到一个电话，电话接通后是同事熟悉的声音，他在电话那头着急地喊道："有单位临时来参观，又得麻烦你这个义务讲解员了。他们现在正往坝顶路方向走呢，你快点赶来啊……"

除了本职工作，胡钢强去年还帮忙整理了一些展板资料，这使得他对自己工作的地方——棘洪滩水库的了解也越来越深。有其他相关水利单位的人员来参观时，他还主动担任讲解员。作为理工科专业的工程师，他对数字有着天然的敏感性，有关水库的数据更是像每天映入眼帘的风景一样熟悉。

胡钢强赶紧快步返回实验室，把水质样本安置好，换下白色工作装，又快步去往坝顶路。

他远远就看到一群人站在水库旁边，正望向波光粼粼的水面。

"这是我们的水质检测员，让他给咱们介绍一下水库的情况吧。"棘洪滩水库管理站的领导把胡钢强拉到身边，向大家介绍道。

胡钢强也赶紧笑着伸出胳膊，向前引路："各位领导请跟我移步到前面看看。"他边带着大家往前走，边开始了讲解，他的声音和拍打坝堤的水浪声融为一体："棘洪滩是亚洲最大的人造堤坝平原水库，被誉为'亚洲明珠'，它是引黄济青工程的唯一调蓄水库，位于青岛市胶州市、即墨区和城阳区交界处，库区面积达 14.42 平方千米，围坝长 14.28 千米，设计水位 14.2 米，总库容 1.46 亿立方米，工程于 1986 年 4 月 15 日动工，1989 年 11 月 25 日正式通水。整个工程共开挖混凝土 56 万立方米，砌石 70 万立方米，浇筑混凝土 56 万立方米。水库每年冬天都会按照山东省胶东调水局下达的全年用水指标进行引水，一般水位会达到 11.8 米，储水量达到 1.25 亿立方米。棘洪滩水库的日供水量在 20 万立方米左右。"

讲到这些数据时，胡钢强用余光观察着众人的表情。每听到一个数字，大家的嘴巴都不经意地张成"O"形，那是一种很复杂的面部语言，错愕、感叹、震撼交织在一起，有谁不惊叹于这宏伟的工程呢？

送走参观的人们，胡钢强又马不停蹄地返回水库自有的实验室，他要赶紧对水样进行数据分析。

近几年，水质检验这一行业也逐渐出现了商业化的专业公司，对相关水利工程进行水质检验。此外，随着人们生态环境保护意识的逐渐提升，水质检测的项目也不断增加，相关的检测设备也在逐渐更新。

他将水样进行基本的过滤和前处理，加入试剂，将其放入一个方形箱体仪器内，随着机器嗡嗡的运转声，几分钟后，水样分析结果就出现在电脑屏幕上，蓝色、红色、绿色、黄色，不同颜色的方块排成行列，它们代表水质中不同元素的含量，一目了然。

"这新机器给力！水样放进去，数据跑出来。"坐在电脑前面查看的胡钢强忍不住称赞他的"好助手"。这台仪器是刚上新的电感耦合等离子体质谱仪，主要用途是进行化学元素分析检测，尤为擅长金属元素分析。棘洪滩水库作为水厂源头，日常主要监测地表水环境质量标准中的 29 项。

锰、铜、铅等显示未检出，如果有检出的话，就说明水被重金属污染了，就不能使用了。水库每天出水量达到 100 万平方米：西海岸新区 15 万平方米，城阳区 15 万平方米，市内四区 60 万平方米……他的工作看似单调，但是每个数据都关系重大。

不光是在水库这样的水源地，其实在水厂、泵站、管道、用水末端等各个环节都有定时和不定时水质检测。从渠首打渔张到棘洪滩水库，水质检测点有 15 个，每月进行 3 次水质检测，棘洪滩水库的检测理化指标有 34 项。

水库日常还要检测两项指标，一个是叶绿素，一个是藻类。胡钢强的另外一项工作就是每年定期向水库投放鱼苗。每年秋冬交替的时节，大约 50 吨鱼苗被放入这一方水域，大家再把大的成鱼捕捞上来，以维持水域的自然平衡。放入的鱼苗主要是鲢鱼、鳙鱼，还有少量草鱼，鲢鱼和鳙鱼是滤食性鱼类，主食水中浮游性生物，可以净化水质。

记录好数据并将其输入系统存档后，胡钢强站起来，伸了一个懒腰。站在办公室的窗户旁边，一眼就能看到水库辽阔的水平面。

水面上正漂着一艘渔船，渔船上有三两渔民，头戴着花花绿绿的头巾，收网时从水里拎起一串串笑声。从头巾里掉出来的头发，被水打湿，就像垂柳一样，纤巧地飘荡在风中。

有的鱼儿顽皮而好奇，它们试探着蹦出水面，然后落回水中，一个轻巧的耸身就游走了。它们耸身的时候，水面会发出啪啪的声响，水波随之一圈圈绽放开来。这样的生机吸引了鸟类，最常见的是绿头鸭，它们在远处的水面上成群结队地聚集，静静地浮在水面上，或挺着翅膀贴着水面滑行，像轮廓各异的剪影。还有骄傲又敏感的灰鹤，不等人靠近看清它的模样，它便昂起项颈，收蜷长腿，一个漂亮的亮翅飞向远处，只留下背影。

窗框里的风景就像一幅每时每刻都在变化的画，胡钢强总也看不够。

工作累了，便来窗前看一会儿，解压又愉悦身心。他低头看了一眼手腕上的运动手表，表盘上的运动步数依旧稳定在万步之上，每天往返于坝顶路和实验室之间，胡钢强对窗外的一切都格外熟悉。坝顶路刚刚翻新成一条六七米宽的崭新柏油马路，沿程设交通标志、交通标线、里程碑、护栏、警示柱等。

2021年底，引黄济青工程管护道路提升改造铺设路面240千米，其中青岛段全长84千米，14.2千米长的棘洪滩水库坝顶路也在改造项目之中。改造后的坝顶路更是达到了四级公路标准。胡钢强虽然入职没几年，但他总是听管理处的老同事们讲起往事："以前是沙子路，晴天一身土，雨天一身泥。"

作为亚洲最大的人造堤坝平原水库，棘洪滩水库兴利库容达到1.1亿立方米，引黄济青的黄河水与南水北调的长江水，跨越千里蓄水于此，每年为青岛市区提供了90%以上的供水。围绕在棘洪滩水库周边的几家水厂，在这座城市的地下布下粗细不一的自来水管网，如同血脉般纵横交错，延伸至城市的各个角落。

第五节　水厂往事

胡钢强在窗前盯着水库发愣时，宋文明正疾步走在棘洪滩水厂的厂房里。

"80后"的他，是厂里最年轻的干部——水厂副厂长兼设备维护中心副经理。

每天清晨，当第一缕阳光穿透云层，洒在一座座忙碌的厂房上，宋文明便开始了他一天的工作。他穿梭在巨大的机器和错综复杂的管道之间，工装口袋里的工具便随着脚步叮叮当当响。他时不时停下来，从口袋里摸出一两个工具，紧紧螺丝，敲敲螺栓，检查设备运行情况。

他像一位精心调整乐器的音乐家，仔细检查每一个环节，确保每一滴水的纯净与安全。

水厂的每一个角落，都留有宋文明的足迹。偌大的水厂车间，配备全自动化生产线的车间里不见一个工人，只听见管道里传来哗哗的流水声。每一次轰鸣，每一次低吟，都是水厂生命的律动。宋文明能够从这些声音中听出机器的状态，预判可能出现的问题，及时进行调整和维护。

路过中央控制室时，他往里瞥了一眼，值班人员正在屏幕前监控水厂的流程操作和设备数据，整个水厂的产量、投加量和产水水质，都在这里被24小时实时监控和动态调整。

这是一座占地100亩、日供水量21万吨的全自动化工厂，仅靠16名工人就完成了从棘洪滩水库摄取原水、净化、将自来水送入输送管道的全部工作。

水厂刚刚完成深度处理升级改造项目，新设备不断更新，设备维护中心的活儿非常多。

常规处理工艺升级后，水厂增加了"臭氧—生物活性炭"深度处理工艺，进一步去除水中影响口感的微量物质，减少消毒剂投加量。水厂还新安装了 6 万立方米 / 日的超滤膜系统，滤膜采用"从外向内"的流动方式，利用孔径仅为头发丝千分之一的中空纤维膜进行过滤，可以去除水中所有悬浮或胶状颗粒物。经过这些工序后，棘洪滩水库里的原水净化可达直饮水标准，水库水入口甘甜。

回想 2004 年那年，水厂刚刚建成，20 岁出头的宋文明大学刚毕业，第一次参加工作便投身这片水源地。那时工厂还没建成宿舍，他们都住在临时板房里，工厂里的活儿事无巨细都要自己动手，布控线路，安装调试控制箱，等等。

宋文明还记得那年冬天，仿佛整个地球都被放在一个冰冷的水箱里。每一股冷风都成了凛冬的使者，它们呼啸着，把刺骨的冰冷传播到每一个角落。走在室外的人们需要缩着脖子，双手插在口袋里，嘴里呼出的热气清晰可见。

宋文明和同事们在厂房里拧螺丝的时候，扶住螺丝的手冻粘在上面，拿不下来。几个人轮流冲着冰冻面哈气，试图把手从被冻住的钢铁面上解救下来，那管道的螺丝有碗口那么大，龇牙咧嘴地与人对抗。

那时候大家没有车，棘洪滩水库四周一片荒芜，唯一的交通工具是一位同事的大金鹿自行车，谁想出去买点日用品，就借来用一用。门外的路全是泥土路，一路颠得自行车铃直响，每次从路上骑车回来，屁股都要疼上好几天。

2010 年棘洪滩水厂第二厂区一期开工建设，设备安装是最关键的一步，宋文明和维护中心的同事们吃住在工地，小半年没有回家。每天早上五六点就开工了，忙到凌晨一两点钟才回宿舍休息。

彼时厂区的道路还没铺好，车辆没法拉着机械进场，他们就把架子管铺在地上当轮子，推着一吨多重的配电箱，一点一点把它挪进车间。钢管撞击铁壁，发出震耳的隆隆声，敲破早晨的浓雾，"当当当""嚓嚓嚓"，一声比一声厚重，空中回响着余音，前一声"当"之后，还没等余音散尽，后一声"当"就冲破云雾，融进清晨凛冽的寒风中。

在水厂工作可没有固定的上下班时间。同事们的加班记录一行又一行，记录着他们像陀螺一样运转的日常：10月3日，滤池阀门损坏，抢修；10月5日，城阳区惜福镇水厂渠首泵站主电缆损坏，变频器损坏，抢修……日常维修大型设备也多在下半夜用水低谷期，晚上12点之后进行。

不久前，单位组织员工在新建成的坝顶路上举行长跑比赛，6000米赛程差不多要环水库跑上半圈，每天在坝外围着设备转，宋文明第一次有机会好好端详一下坝上的美景：水库堤坝的背面刚铺了草坪，绿意盎然。

因为每天走路多，宋文明自恃体力还是不错的。只见他深吸清新的空气，无拘无束地迈着步伐，全身有节奏地配合着，轻松又舒坦，他越跑越快，恨不得一步跨过终点。

谁知刚跑了约1000米，他便感觉到吃力了，脚好像变成了棉花包，软弱无力。双腿交替着往前赶，又过了百来米，他已是气喘吁吁，节节败退。

他索性放慢脚步，和同事们一起慢慢地走。有同事来了兴致，吟诗一首："几环咆哮卷沙腾，一路狂涛气势宏。裂岸穿峡惊大地，带云吐雾啸苍穹。"

"好！""好诗！"大家都嬉笑着回应道。长跑进入半程，很需要这样提气的环节，为疲乏的身体注入一剂强心针。

宋文明曾经游历过壶口瀑布，他能从诗里感受黄河的大气。黄河，从冰川万丈的巴颜喀拉山北麓起步，一路上接纳着千溪百川，千回百转，奔腾不息。它闯过陡峭的青铜峡，越过黄土堆积的高原，遇到贺兰山开始变得温柔缠绵，流淌出的卫宁平原、河套平原赛过江南。黄河，划着羊皮筏子哼着《走西口》在老牛湾与长城握手，伴随着船工号子唱着《信天游》诉说着自己的不平和祈求；黄河，舟犁碧波水拍云崖暖，河床千曲篙点峰影乱，放过一山迎一山，走过九曲十八弯，重新装点着渤海巨澜。

古往今来，黄河兴云致雨，滋润着大地。它演出了一幕幕威武雄壮的历史话剧，在天地间挥斥鼓点。它更像一个刚强而又伟大的巨人，傲立在平原之上，用那坚毅的体魄，筑成守护万物生长、生生不息的藩篱。

宋文明还记得那年为了观赏壶口瀑布，一行人开了两三个小时的车，车子在秦岭的山脉里上坡又下坡。

壶口瀑布位于陕西与山西交界的秦晋大峡谷中，到达景区停稳车，宋文明和朋友们一起从车里走出来，没见到瀑布，就先闻其声了。隆隆水声从前方传来，那声音如同龙吟虎啸、万马奔腾。但是眼前的黄河水还是风平浪静，看不出有什么变化。

继续向前走，终于看到了一道气势宏伟的瀑布，这就是著名的壶口瀑布。

土黄色的夹杂着泡沫的黄河水从上游急速冲下来，汇成激流，翻滚而下，仿佛要吞噬万物，声音如同山崩地裂，又如闷雷炸响，震耳欲聋。那瀑布如同黄龙出山，又如千万匹穿黄色战甲的战马浩浩荡荡地飞奔而来，激起万丈高的水花。强力的冲击使得瀑布下方腾升起一片白茫茫的雾气，在阳光照射下，形成一道若隐若现的彩虹。

离开壶口瀑布时，已是夕阳西下。宋文明一行人又开车穿梭在秦岭的山脉之中。到达一个山顶时，朋友中有人提议要停车下来拍照，站在山顶，远眺黄河两岸，那是另一番景致。

大朵大朵的白云翻卷着，被夕阳镀上了一层橘色的光晕，像羊群，像野马，仿佛是在黄河上游奔突，借了大河做跳板，一跃冲上蓝天。头顶的蓝天是澄澈透明的，远处被夕阳映照的地方，则是红霞弥漫。极目远眺，水天融为一体。波澜起伏的河水汹涌奔腾，滔滔浊浪浩浩荡荡。没有帆影，阒无人迹，黄河卷着漩涡，像一位老人，面色凝重地流淌在岁月里。

沿着河岸延伸的是茂密的绿树，勾勒出一幅宁静而诗意的画面。黄河之水在夕阳的映照下，闪烁着金色的光芒，仿佛一条金色的丝带，将大地和山川串联起来。

黄河的水真黄呀，黄得仿佛山坡上一朵朵盛开的野菊花。黄河的水真狂呀，狂得好像是一条火龙掉在了黄河里，不停地翻滚着，奔涌着，狂吼着。黄河的水真凶呀，凶得让人心惊胆战，河水撞击在岩石上，溅起数米高的浪花，好像要把人拖下水一样。昂首西望，黄河从云端落下，一泻千里，气象万千；再向东看，黄河穿过平原，浩浩荡荡，直奔大海。

而在棘洪滩水库，宋文明日夜工作的地方，黄河则是被驯服的"龙"，它静静地躺在棘洪滩水库里，碧波荡漾，像一位婀娜的姑娘，值守日出与日落，悉心哺育着水草、鱼儿和飞鸟。

见过壶口瀑布的黄河之水，宋文明能在眼下找到一种熟悉的感觉。他能闻到黄河身躯里散发着泥土的芳香，看到它的身躯上闪耀着黄色的光芒，他甚至听到了一种咆哮，一种来自河底的咆哮，看似平静的水面下不知又隐藏着多少吞噬万物的巨大能量。河岸已被流经的河水冲刷得斑驳，与水平面相齐的坝堤石壁上，生长着茂盛的青草，张扬着生命的顽强，又像是黄河流经时谱下的咏叹调。

既然奔跑得体力不支，宋文明索性放慢速度，向终点慢慢走去。他的视线由前方转移到两侧，这让他有了不一样的新发现。

上善若水，泽被万物。近年来，在这条引黄济青"黄金之渠"的哺育下，沿线城市得以高质量发展，呈现"万类霜天竞自由"的盛景。

坝顶路上热热闹闹的长跑比赛在傍晚时分结束，同事们陆陆续续开车离开水厂，驶向家的方向。最近厂里维修过滤池，宋文明有些不放心地留下来查看。

这几天里，他经常登上铁板梯子，爬上厂房楼顶的高台，蓝色的工装裤被磨白了膝盖，机油蹭在胸前、袖口。

此时正值黄昏，站在钢筋骨架搭建的高台上，一抬头就看见了最美的落日。天边涌现出几条橘黄色的光带，那是太阳转身的背影余光。它把向西的水面染黄了，所以水面看上去好像一分为二，一面是青蓝色，一面是橘黄色，就像两匹摆在一起的一明一暗的锦缎。

当夕阳把水面的光影彻底带走，水面又变成单一的深蓝色了。坝顶路上的路灯已亮起，刚才还是花苞，在苍茫的暮色中，它们羞答答地开放了。被光晕环绕的水面，如点缀了晶莹的珍珠，蕴藏着灵动沉静的光华。

看着黄昏到黑夜的转换，这是宋文明最喜欢的放空时间，他常常这样站在梯子上，身体直直地沉浸好久。水库四周的青草香气浓郁，涌动的水声可以过滤一身的疲惫。水厂内部的道路上有停车熄火的声响，值夜班的同事们陆续走进值班室，机器转运的滴滴声从屏幕旁边响起。

带着城市尘埃的人们，回到这宁静的夜里，每个细胞都被这乡野的气息浸染得饱满膨胀起来。